玄想

林清玄/著

河北出版传媒集团
河北教育出版社

自序：一发青山　/1

相思飞舞　/3

最苦的最美丽　/7

沉思者与神思者　/12

花果不同时　/17

看风景人　/20

眼中人　/23

风外声　/26

无情眼　/29

阳明山菜　/33

天空的心　/37

心的泼墨　/41

双头甜　/44

一生从容　/48

姑婆叶的繁华　/52

宝剑留结他日缘　/56

留在大地的墨痕　/60

分享生之苦乐　/64

连兴老店　　/68

蝶页　/72

无患子　　/77

无法维持的彩虹　　/80

辛酸的或趣味的　　/85

窗前的一棵树　　/88

最初的旅行　　/93

春天的红耐冬　　/98

孔雀的独舞　　/105

坚持之味　　/113

在美丽的银河上飞驰　　/120

城墙上擂鼓　　/126

心的恒河　　/130

句在无言处　　/134

黄鹤楼头的笛声　　/140

在生命的旅途中　　/147

自序：一发青山

> 归巢的鸟儿，
> 尽管是倦了，
> 还驮着斜阳回去。
>
> 双翅一翻，
> 把斜阳掉在江上，
> 头白的芦苇，
> 也妆成一瞬的红颜了。
>
> ——刘大白

几天前，与朋友上阳明山，山上气清景明，一片青翠。

今天，偕妻子游阳明山，满山遍野变成一片银白，山上的芒花竟在短短的几天盛放了。

"菅芒花仿佛几天就老了几十岁。"我说。

"菅芒花使阳明山一夜白头。"妻子说。

我们登上大屯山顶,放眼瞭望,看到从前被唤成"草山"的坡地,全是白发摇曳,摇出一片美丽的山景,美中有时光的苍茫。

坐在大屯山顶的观景台喝茶。茶,是春天到洞庭湖心的君山岛带回来的"君山银针"。

喝君山银针的时候,在芒花间仿佛看见洞庭湖畔摇荡的芦苇,在终年不散的雾气里,白中有白,一动一静,一虚一实。想起去年这时候,我们坐在君山岛上娥皇与女英的坟前,血斑竹林里,喝着茶农亲自泡的茶,那情景,也如真似幻。

一片茶叶,在草山的菅芒花间冲泡,它却是来自君山的芦苇花边。茶香在空中流动,使草山与君山化成一气,山水与风土虽然殊异,感性与景境竟是互通。

菅芒与芦苇略有不同,美丽则无二致。

洞庭湖的云雾如果用蓝罐子装起来,在阳明山打开罐盖,也能与山上的云雾牵手散步呀!

若有广大的心,一片茶叶,也可以跨泰山、超北海,与千里外的知音相逢聚叙。

若有细腻的情,一片茶叶,也能润灵台、破孤闷,与我们最微细的心思相会同行。

生活的有味便是来自广大与细腻,广大谓之"玄思",细

腻关乎"妙想",玄思妙想则来自生活的感动与生命的感通。

我们吃一片面包,想到单是一粒麦子就是几个月的阳光、几个月的风雨,一片面包蕴涵了无数的阳光与风雨。我们品味了面包,是品味了风雨与阳光;我们以面包为食,阳光与风雨都化为我们的生命。

我们偶然看见天边的彩虹,静静地看彩虹横挂天边,彩虹突然从眼睛化入我们的心。想到密宗修行者最终极的成就是"虹光化身",身心灵都化为彩虹的光芒。我们即使不能化为虹光,心中也该有彩虹,有理想可追求,有美梦可向往,我们要活得有光有色,活出许多的彩虹。

我们打开一张纸写字,立刻想起这张纸曾是长在树上,或者根本是一棵树。这树见过温柔的月光,看过飘流的白云,听过悠扬的鸟声。一张纸的身世本来就是充满欢愉和歌诗的,当我写字,也自然地欢愉了,唱起了歌诗。

青山一发,一星如月,白发三千丈,光芒万丈长,都是可能的。

玄思妙想如露如电地穿过我们,使我们灵光一闪,有许多静止的时刻。

散步时看见一朵花,时光静止。

蓝天飞过飞机,留下飞机云,时光静止。

与人相会,惊鸿一瞥,时光静止。

看到孩子安甜的睡姿,童颜无染,时光静止。

在静止的刹那,在一生一会,玄思生起,妙想涌现,星辰、月光、清风、流云,都在谈美丽的心事;春花、秋月、夏荷、冬雪,都有深深的情意。

创作者在安静中倾听生活,使生命的片刻凝结成永久。

文学家在生活中静观心象,由心象中流出智慧之言。

我们坐在山之顶、云之上,芒花围绕的、茶香流动的大屯山上;我们在花鸟与山岚之间行走,我们聆听山林的万籁也倾听内心的蝉鸣。

玄思是哲学,妙想是诗歌。

诗人的生活,最终要成为诗篇。

哲学家的生活,最终是自己哲学的实践。

散文家的幸运是诗歌与哲学都一起进入生活,如同咖啡的糖与奶,哲学滋养了诗歌,诗歌润泽了哲学。散文家以哲学和诗歌佐茶,又以茶心润泽了枯涩的哲学,唱出动人的歌诗。

我说不动的山,也说流动的云;我说不变的芒草,也说无常的芒花;我说欢愉的短暂,也说忧伤的恒久……

不论在山顶,或在红尘,我总让自己灵光闪动。

在穿越芦苇或行过芒花时,会想起自己写作早超过三十年了，青发不但如菅芒花白，甚至有枯落之势。在心里就惦记着想写一些关于写作、灵感、思维的书，写一些感性的、诚挚的、真切的散文创作之书，是学校的作文课或写作班不会教的书。

泰戈尔在晚年的时候，有一位朋友来拜访他。

朋友说："你可以心满意足地死了，因为你已经写了许多诗歌，在你之前，没有人写过那么多诗歌！英国最伟大的诗人雪莱，只写了两千首诗，你已经写了六千多首，而且每一首都像深海的珍珠与深山钻石那么珍贵！所以，你死而无憾了！"

朋友说完，泰戈尔的眼中盈满泪水。

朋友说："你怕死吗？你不是写过一首诗，说死亡是最伟大的朋友吗？"

泰戈尔说："不！我不是怕死，死与生一样美丽。我哭，是因为近来我写的诗歌越来越好。我的心还像个孩子，我的灵感越来越多，我越写诗，越多的好诗涌上我的心头，而现在我却要走了！真是不巧，到现在我才感觉自己正要写出真正的诗歌！"

泰戈尔含泪而逝。

想到那个画面，我总是感动不已，再给泰戈尔一千年、一万年，他的灵感也不会用完，而且只会越写越好，那不只是他找到了写作的"楣角""诀窍"，而是他开发了创作的心。

这一册玄思妙想，是在开发创作的心，寻找写作的楣角，

不仅回观了我这些年的创作,相信喜爱创作的朋友读了也会心有感通!

在几十年的写作中,我出版过一百多部著作,完成的作品达数千万言,常被认为是"天生的作家",只有自己知道这非关天命,背后有无数的心血、坚持与努力。

我希望把自己的创作思维写成一系列的书,《玄想》是首部曲,《清欢》为二部曲,《林泉》是三部曲……但愿梦想成为作家的、想要表达内心的感动的人,都能由此走入散文写作的堂奥。经过内在的排序,一面开发更深更里层的心灵秘境,一面追寻更广更高远的山水境界,小周天与大周天相会,任督与中脉重逢,银碗里盛满花,翠钵中草树宛然!

心事数茎白发,

生涯一片青山。

空山有雪相待,

古道无人独还。

王勃的当年心境,在我走过白发满山的小径时,仿佛也写出了我此刻的心情。

林清玄

二〇〇三年夏日　阳明山下清淳斋

玄思

若有广大的心,一片茶叶,也可以跨泰山、超北海、与千里外的知音相逢聚叙。

相思飞舞

宁可死个枫叶的红，
灿烂地狂舞天空，
去追向南飞的鸿雁，
驾着万里的长风。

——朱　湘

年年如此，阳明山的花季过了，游山的人变少了。

樱花以烟火爆开的姿势向我们道别。

茶花默默地留下了相约再来的纸片。

杜鹃在春风春雨中含泪说了再见。

去年的菅芒花早就说了珍重，魂魄飘然而去，只在芒草尖上留下了来不及收的旧衣裳。

秋天、冬天、春天那些炫人的花，都夹入了游人的相册之后，有一种美丽的小黄花安静地盛开，它的美和它的安静一样，很少很少被人看见。

相思树的花在春天过到尾声、夏日初起时,全部约定好了似的,全山处处点燃。相思花极温柔的黄与极细致的小,常使人忽略它的存在,但是因为成片成片开放,相思树又高大,相思花的黄就染遍了山头。

我喜欢找一个相思花围绕的角落,坐在山边等风,风来的时刻,相思的黄花飞舞旋落,飘在我的身上,落在石上,以及洒在灰黑的地上。

这时,我看见相思花的美不只在树上,地表上留下的印记更为可观。当我们走过铺满了相思花的小径,看到初落的淡黄,昨日的菊黄,更早前的褐黄,我为那些只知在花季赏樱、看杜鹃的人感到可惜。

相思花的美不是静止的,它是动感的,是与天地、风云、土地相呼应的,群绿之山头,一点点的黄。风来的时候,旋转舞动地落下;到了地上也不静止,风一动,则哗然奔跑;动静皆宜的美,才显得那么饱满、那么细腻。

是谁把这种树叫相思树呢?是谁把这种花叫相思花呢?叫得真好,也只有这样的花树才当得起"相思"如此美丽的名字。

相思花开,是情人初遇时的心情,霎时触动春天,把天地都点燃了。

相思花舞,是情人充满了感情的舞动。花朵专注于风,才使舞蹈美如飞焰;情人专神于爱,才使相思满盈天地。

相思花谢,是情人心碎的道别,心碎于小径,心碎于巨石,心碎于一切的溪山与河畔。纵使一切都已谢落,只留下了美;纵使一切都已心碎,心上还有昔日的嫩黄。

情人之间的相思,不单属于情人,也是万象的相思。

芒花与秋日相思,以践履旧岁的誓言。

樱花与春风相思,只对春天的爱情忠诚。

雾气与山谷相思,每日徘徊,轻轻地叹息。

候鸟与太阳相思,永远追随着阳光的脚步。

潮汐与月亮相思,朔望都来赴千万年的约会。

…………

这世间有了相思,河流才向下流,云彩才随风飘,山与谷、根与花、雨与河,才形成了世间的共相。

在文学家的心里,总与世上的一切保持着神秘的相思,就如同相思花所勾起的感受、想法与心情。

一旦文学家停止了对世界的相思,他的文学就死亡了。

在我穿过静谧的山林或喧闹的街市时,总会不期然地听见某些相思的召唤,像是相思花雨突然落在我的头上。

这使我想起一个寓言,从前,有一个失聪的人,每次看人

跳舞，都想着："他这样手舞足蹈有什么意义呢？"有一天，他的耳朵被治好了，听见了音乐，再看见舞蹈，不禁流泪叹息："原来舞蹈这么美，没有音乐的舞蹈根本不是舞蹈！"

舞蹈与音乐也如是相思。

当我看到满山的相思花，惊见了广大却隐藏的美，我总希望，或在山林、或在城市的人，都能分享那种美，那深深的、动人的、盈满的、大地的相思。

不只看见舞蹈，也听见音乐。

最苦的最美丽

世界上有这么多苦难，
唯一的补偿是，
生活中
小小的欢乐，
小小的悬念。

—— 以撒·辛格

每次到台北故宫博物院，我都会绕个弯转去看白玉苦瓜。

白玉苦瓜与翠玉白菜都是台北故宫博物院的镇馆之宝，大小均只能盈握，白玉苦瓜美在玉质，温润含蓄；翠玉白菜美在巧思，灵活细致。

我更爱白玉苦瓜，常常站在那块玉前面沉思，如果要选出世界上最美的瓜果，非苦瓜莫属。白玉苦瓜只是以一块好玉传神出苦瓜之美，真正的苦瓜若摆在台北故宫博物院的橱窗，它的美也令人屏息。

奇妙的是，世界上最美的瓜，也是世界上最苦的瓜！

其中，是不是隐含了深深的禅意呢？

苦瓜不只是瓜美，它是从初生一直到老枯，都是一路美到绝处的。

我的父亲曾种过苦瓜田，一甲地上全架了竹棚，新生的苦瓜藤，生长的速度有如奔云，一路上往竹棚飞跑；大如手掌的绿叶追赶着触须，很快就占满了棚架。

开花的时候到了，整个棚架在一夕之间，全被鹅黄色的花占满，满满一架的苦瓜花，在晨风中摇动美丽的手掌，站在花下望着的孩子，总是被那种美昏眩。

每天都去看苦瓜，看见从花的尾部拉出一条瘦如小指的瓜，瓜上还有纤纤的茸毛，顶部的花也不落去，仿佛小苦瓜还撑着黄伞，躲避南台湾的烈阳。

美丽的苦瓜成型了，如同白玉长出了结子，玛瑙生出了天眼，像佛头一样的肉髻，布满了整根瓜。清晨上学的时候，穿过苦瓜棚，走上乡间的小路，每条苦瓜上都有晶莹的露水，更显露了透明、温润的美。

瓜期过了，瓜棚上的叶子迅即萎落，只留下千回百转的瓜藤，妈妈会在有月光的晚上，剪断瓜藤，把它塞进玻璃瓶里，隔了一天一夜，每一棵苦瓜藤都会流下几滴眼泪，把那些眼泪凑成一整瓶，就是珍贵无比的"苦瓜霜"，听说是美容圣品，比西瓜霜还要清凉美白。

这就是苦瓜的身世了，它的一生几乎是为美而存在，花、果、藤蔓，甚至是最后的几滴血泪，都毫无顾惜地献给人间了。

我从小嗜吃苦瓜，不只是苦瓜的滋味深长，也是感动于苦瓜的身世，更是觉得苦瓜的一生充满了禅意。

最美丽的瓜是最苦的！

对于追求人生美好的人，是不是也要有苦的准备，与耐苦的内涵呢？

一生为奉献而存在的苦瓜，正如同为慈悲而存在的菩萨一样。

菩萨把头目骨血布施人间，那是因为他深深了解生命的苦楚。给出一切美好的，独饮生命的苦汁。

我很喜欢关于苦瓜的一个寓言：

> 一群要出发朝圣的弟子，去向师父拜别。
>
> 师父送给他们一个苦瓜，对他们说："你们带着这个苦瓜去朝圣，进了大殿，把苦瓜供在案上，接受礼拜，沐浴圣水，也用圣水为苦瓜清洗；朝圣结束后，把苦瓜带回来！"

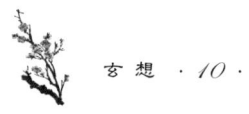

弟子们走了很长的朝圣之旅,一路抱着那个苦瓜,觉得苦瓜也神圣起来了。

终于回到寺庙,大徒弟双手捧着苦瓜拜见师父:"师父!我们朝圣回来了,照您的吩咐,这个苦瓜已接受了无数的礼拜,沐浴了许多的圣水,现在,怎么处理这个苦瓜呢?"

师父说:"把它煮了当晚餐吃!"

当夜,师徒一起吃了那条苦瓜,师父吃了一口,感慨地说:"这苦瓜,走完了朝圣之途,沐浴了圣水,接受了礼拜,滋味还是一样的苦呀!"

传说,有几位弟子当场就开悟了。

这苦谛的人生呀!不管透过什么,透过灵命双修或透过灯红酒绿;不管走过什么,走过权势名利或走过潦落暗淡;不管穿过什么,穿过文史哲学或穿过酒色财气……人生本质的苦都不会改变,在棚架的苦瓜,放在富豪的餐宴,与鱼翅燕窝同席;或放在穷人的饭桌,与咸菜豆腐共枕,滋味都是一样的苦呀!

在苦中行走的人,只有专注地前进,在苦中不失去美好的心情、朝圣的心情,才能体会其中的深意。

想到苦瓜，我就想到从前穿越槟榔林、柠檬园、辣椒田的情景。

台东的槟榔林开花，香闻数里，令人清醒，谁会想到那令人迷醉的果子，是来自如此清沁而芬芳的花呢？

高雄内门的数甲柠檬园开花，我们去找住在园中的堂哥，被柠檬花的香甜熏得就像泡入整桶的香油，谁又能想象那酸至极点的果子，是由甜香至顶点的花所结成？

彰化田尾的一片红艳，使我忍不住停车驻足，原来是一片辣椒田，无数的辣椒红艳一片，再美的花都会为之逊色。谁又能想到，那些辣得令人喷火迸汗的朝天椒，竟有如此美丽的前世呢？

酸甜苦辣，都有深刻的寓意呀！

我站在那个白玉苦瓜之前，凝思，如果生命能切入千古中的一瞬，苦、集、灭、道，也是无分别的事！

沉思者与神思者

> 在远方,
> 风像是在使一切折腰。
> 萤火虫整日在草丛储蓄灯油,
> 以备夜间出发。
> 我们的思绪也开始飒飒作响了。
>
> ——大卫·梭罗

在东京上野,看到有人卖不倒翁。

一种是头重脚轻,头部在下,把它翻正坐起,立刻又倒下去。

另一种是头轻脚重,坐姿稳妥,把它推倒在地,立刻又坐起来。

我饶有兴味地看着那造型、表情、姿态都完全一样的不倒翁,只因为灌铅的部位不同,竟然一个永远坐着,一个永远颠倒,这是多么有趣呀!

卖不倒翁的小贩，长得就像不倒翁，他笑眯眯地说：

"一般人的烦恼深重，妄想纷飞，所以会往下栽倒；禅道者的头脑放空，不思不想，才会那么稳重呀！买两个不倒翁放在案头，时时省察，能提起正念呀！"

对于一个小贩讲出如同禅师的话语，令我惊叹不已，也可见到禅道对日本文化的影响是既深且广。

看过不倒翁，我散步走进上野美术馆，偶然间看到一个罗丹的雕作《沉思者》。

"沉思者"被认为是罗丹的杰作，他是一个眉头深锁、肌骨健壮、比例完美的男子，他的手肘撑着大腿，整个身体弓起如豹，正忧患地思索着某种课题。

那思索是烦恼不堪的，以至于他的表情烦苦，头脸青筋暴露，身上的肌肉纠结突起。

看"沉思者"的时候，我突然想起刚刚在公园看见的不倒翁，"沉思者"如果是人，不是雕像，只要有人用手指轻轻一点，他就会立刻扑倒在地了。

"沉思者"令人动容的是他的思维，看着他，想到自己、想到芸芸众生，不也是日日时时被思维所捆绑、所困惑吗？

我想到日本禅者内山幸尚曾在《张开思维之手》写过罗丹的"沉思者"：

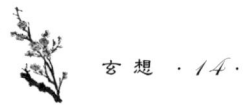

让我们比较坐禅和罗丹的著名雕像"沉思者"两者姿势上的差别。

"思"听起来好像很不错,但"沉思者"其实是追逐妄念的例子。

它弯腰坐着、肩膀前倾、胸膛紧缩。手臂和双腿弓着,脖子和手指弯曲,就连脚指头也屈着。当身体弯成这副模样时,血液就会停塞,必然就陷入幻想,难以摆脱。

另一方面,坐禅中的一切都是直的,躯干、背部、脖子和头部。由于腹部舒适地支撑在交叉稳当的双腿上,血液就离开头部,大量流向腹腔。

由于血液向下流,缓和了头部的充血现象,使得人的反应迟缓,就不会再追逐妄念和幻想了。因此,坐正确的禅,意思是采取正确的姿势,把一切交给它。

沉思使人忧苦,放空令人轻松!

这是为什么古来的禅师都叫我们要"看脚下",却没有一个禅师叫我们"用头脑"。看脚下进入当时当刻,一切都是平平稳稳;用头脑则会进入过去和未来,过去的泥块与未来的铅球是多么沉重,一旦下盘不稳,就很容易在人生中跌跤了。

思考不是不好，许多伟大的成就与发现都来自思考，思考是在心田中奔跑、追逐，有如猎犬追索跳跃的野兔，它是有所执取的。但思考不会使人幸福、不会使人宁静、不会使人自由、不会使人解脱，这是为什么大部分文学家、哲学家、思想家都悲观不乐的原因。

打坐是另一个系统，禅是"神思"而非"沉思"，神思不是呆如木石，是在起心动念时静观，不只在田野奔驰。就像"神"这个字，意念穿到高高的天空与深深的海底，他不逐取、不随念，也不追索。

"什么是大海？我一直听人谈起大海，却不知道大海是什么？"小鱼问大鱼。

"大海就在你的四周。"大鱼回答。

"为什么我看不见它？"小鱼又问。

"你生于海，也将死于海。海在你里面，也在你外面。大海包容了你的存在，你也揭示了大海的存在。因为没有分别，所以你看不见它！"

我们在生命中的沉思，就如小鱼对大海的沉思，大海

太苍茫、太广大,人生太复杂、太幽渺,放下吧!放空吧!把大脑的重量放在臀部,也许,正如《碧严录》所说,在敲打所有的门都无人应答的地方,正有无尽的风月与无穷的天地。

花果不同时

> 纵使埋骨成灰烬,
> 难遣人间未了情。
>
> —— 俞大纲

只要回乡,我都会去探望父母亲的墓。

父母亲的墓靠在一起,但是一个坐东向西,一个坐南朝北,是听从了地理师的建议,以致不能望向同一个方向,这一点常让我感到遗憾。

幸喜的是,墓园被一大片柠檬树与荔枝树围绕,生前喜欢吃荔枝的妈妈与爱吃柠檬的爸爸,如果有知,应该会感到欢喜。

柠檬花盛开时节,我走过柠檬园,花的浓郁的芬芳总是熏得我迷离。一切花中,柠檬花是最香甜的,有稠稠的蜜意;但是一切果里,柠檬果又是最酸楚的,其酸胜醋。如果以佛法"花果同时"的说法,柠檬又是怎么说呢?是凡甜美的,必走向酸

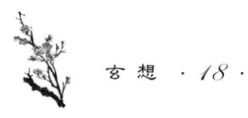

涩？或是以酸果来反衬开花的香馥？

这种迷离之感，使我忍不住会俯身细细地端详柠檬花，看着一花五叶的纯白中，生起嫩嫩的黄，有的还描着细细的紫色滚边，让花的香甜流入我的胸腹。想到用柠檬花淬炼的酸橙花油，可以平息焦虑与忧梦的情感，我正要去祭拜父母的一丝柠檬果的酸楚，也被这花，以香氛清洗了。

我折了两束柠檬花，一束放在父亲的坟前，一束放在母亲的坟前，他们墓碑上的瓷烧相片，慈颜宛然，时间的金光一闪，许多年已经过去了。

相爱是这么短，遗忘却是那么长！以为相爱是永恒的，但爱却如此无常；以为遗忘会留在时间里，但遗忘却是超过时间的恒久。我想起俞大纲先生的句子："纵使埋骨成灰烬，难遣人间未了情。"在父母的坟前细思此偈，在花香之中，在蓝空之下，更觉得"缺憾还诸天地"是多么艰难之境界！

写作的人，是在变与不变之间，在常与无常之隙，寻索那微细的感动。在柠檬花的芳香到柠檬果的酸楚之间，有一个奥妙的转化，潜藏在更深的内在，我希望能不断地去探触、去思索、去感受。

感觉与思想的妙境，有时远远超过我们的想象，走过柠檬

园,走出荔枝园,谁能想象香甜的荔枝,开花时竟是没有花瓣的?像是仙山点金,荔枝果从天散落!

作为一个文学家,生命的忧郁与时空的焦虑是不可免的,有时,一阵柠檬花香,就会使我们神奇地平息了。

我总是相信,我供奉的那一阵迷离花香,会飘向某个不可知世界的窗前,熏得爸爸妈妈,展颜而笑。

我总是相信,我写过的那些文章,会如雁行蓝天,使某些细腻的心灵,展颜微笑。

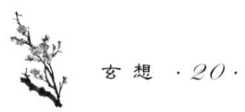

看风景人

你站在桥上看风景,
看风景人在楼上看你。

明月装饰了你的窗子,
你装饰了别人的梦。

—— 卞之琳

  散步过卫理女中,围墙里一棵高大的凤凰花,正展示自己的璀璨,簇簇红花,像刚从夕阳引了火把,在天空燃烧。
  为什么秋天的台北会开出如此辉煌的凤凰花?我虽然感到难思难议,那火却仿佛也点燃了我记忆中的炉火,使我想起夏日故乡的炽热与温暖。
  为了欣赏那棵凤凰花,我走上台北故宫博物院的散步道,坐在斜坡上,让凤凰花的美继续燃烧、包围。
  最让我感动的花之美,一是凤凰,一是木棉。

凤凰与木棉不像一般草花是微观的，必须贴近才能欣赏。凤凰与木棉是巨视的，不论远近，只要草原一站立，深山一俯仰，溪涧一摇动，街边一眨眼，我们内心的美感立刻会被深深牵动。

如果我要化身一株花，我希望成为高大繁美的凤凰花，远远近近的人看见，都会感动与心仪。

如果我要化身一株花，我希望化为单纯坚毅的木棉花，不仅美丽，结子的时候，还能随风飞往远方。

我希望我的文学作品，不是花花草草的小花，而是木棉一样，在春阳爆开，带着轻柔的棉絮翅膀，越过田原、翻过高山，遍生于不知名的所在。或是凤凰一样，结成坚强的箧果，在每一阵风里，叮咛有声。

坐在山坡上，看凤凰花下的女学生，在夕阳中奔出教室，卞之琳的一首短诗突然浮上心头：

> 你站在桥上看风景，
> 看风景人在楼上看你。
>
> 明月装饰了你的窗子，
> 你装饰了别人的梦。

文学创作之路与人生思索之路，并无差别。少年时代写的作品仿佛站在桥上，青壮之年像是站在楼上，自己成为自己眼中的风景；到后来，越走越高，坐在山坡上，前半生就像一个随时可以浏览的视窗，宛然在焉。

如果我们保持学习与热情，每一天我们都会站在更高的地方看风景，我们是看风景人，也是风景的一部分。

虽然，每天我都站在更高的地方看风景，不管站在桥头、楼上或山顶，风景时在改变，少年时一些看风景的心并未改变，梦境迷离，明月依稀，繁华如斯，美丽的马蹄还在响动，心中的金鸟还拍着羽翼。

眼中人

> 偶开天眼觑红尘,
>
> 可怜身是眼中人。
>
> —— 王国维

有人约我去看昙花,说是今夜将盛开。

那昙花树有一人高,结了二十七个花苞,饱满,即将破苞而出。

几位知心的朋友坐在月下,静静地看昙花张开眼睛来看世界。

昙花的美教我如何说呢?是无花堪比伦的,她吐出了美丽的网,绊住我们的眼睛,使我们一秒也不舍得移开。她的香,如果用别的香来比拟,对昙花都是一种侮辱,二十坪大的花园,全被充溢,香还密密地流出。

也许,昙花是佛经里描写的优昙花吧!这天上的花是世间所无,稀有难遇,只有大大的祥瑞才能感动这有灵性的花开

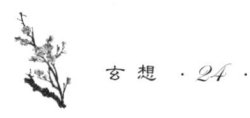

放。她用美与香来显示稀有,又以急开速谢来显现难遇。

坐在昙花树下,突然想起王国维的两句诗:

偶开天眼觑红尘,
可怜身是眼中人。

美丽的昙花若是天上的花,今夜就是以天眼来看滚滚的红尘,在她开眼的刹那,使我们暂时忘去了人间的烦忧。但是,昙花很快地就会回到人间,她会如一切的花,可怜地谢去。听她的主人说起:"明日可用这些昙花炖一锅鸡汤,请大家过来品尝。"

昙花没有谢去时,我就离开了,我也没有喝到那一锅汤。

沿着黑暗的小路走回家,我想到一个创作者,不也是像昙花一样吗?灵感来的时候,正如天眼偶尔被打开,到了难遇的境界与美景,那种打开,就是禅师的悟境,感到内心突然有一种掠过理性与思维的东西,至少是"大悟十二回,小悟数百回"的小悟。

创作者与禅师不同的是,创作者的天眼偶然打开,看到红尘众生的可怜样相,随即看见自己也是眼中那可怜的人。在某一瞬间,以为是永恒了,却立即发现每一瞬间只是消逝的一刻,并无永恒的特质。

禅心却是,天眼长开,瞬间不住。

在我从偶开的天眼落入红尘的时候,总是百感交集,我们只是凡俗生活中的平凡人,喜怒无端、哀乐无明,真是可怜。

我随即又想,能偶然打开天眼的人,是多么的幸福,因为那内在的眼睛,越开越明、越用越亮,终有一天,也会触及人天的境界。

如若不然,偶然的开眼,看到了草上的珍珠宫殿,万蚁流连其间,也有几许欣然,可以再静心等待,下一次灵感的叩门!

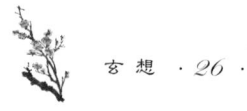

风外声

> 漂然月色向人明。
> 耳熟松杉风外声!
> 　　　　—— 了　然

法号了然的比丘尼,生于一七九七年,是日本知名武士信原的孙女。

她自幼诗才出众、美貌无双,十七岁被选入皇宫,成为皇后身边最贴心的宫女,她的才华与美丽远播千里,声名还胜过大臣。

就在声名的最顶端,皇后突然病故,了然深深体会到人生无常,决心出家习禅。

她的家人不同意,强迫她出嫁,家人和夫家开了一个条件:只要她生了三个孩子,就可以出家修行。

了然在二十五岁生完三个孩子,立即削发为尼,取名"了然",出发到江户,请求铁牛禅师收她为徒,铁牛看了她一眼,断然拒绝,唯一的理由是,她长得太美了,不只自己难以修行,看见的人都会心乱。

了然去求见白翁禅师,白翁也看了一眼,就以相同的理由回绝她。

了然用一块烧红的铁,灼烙自己的脸,她的美丽化为一缕青烟,消失了。再去见白翁,白翁才收她为徒。

为了毁容的感受,她在镜子背后写了一首小诗:

> 昔游宫里烧兰麝,
> 今入禅林燎面皮。
> 四序流行亦如此,
> 不知谁是个中移?

圆寂的时候,了然吟了一首诗,安然地走了:

> 六十六年秋已久,
> 漂然月色向人明。
> 莫言那里工夫事,
> 耳熟松杉风外声!

每次想到了然禅师的故事,我都会深受感动,灼烧自己美

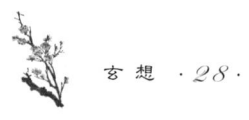

丽的面容虽然惨烈，令人不忍，但如果从象征观点来看，其中充满了寓意。

我们都过度地重视外在形式，以至于我们的内涵隐没，难以发出光芒，美丽的面孔令人欣羡，但若人人只看见面孔的美丽，就没有人去看见、去体会、去感受那美丽的心！

就以创作来说吧！若没有内在的感情、思想、意境做基础，再美丽的词藻，只是更显得空洞。善于使用美丽词句的人，必然要彻底地烧炙那外在的形式，才能创作出更深刻的作品。

不穿名牌服饰还美丽不凡的人，最令人敬服。

名片的头衔越少的人，越令人敬重。

文字简单、内容深刻的作品，最令人敬佩。

我们读唐诗宋词、明清小品都是一目了然，读现代作品却常跌入雾中。

我们听古典音乐，无心之中也为那种清朗优美感动，听现代音乐却是用心费力，常无感觉。

我们看绘画作品，一切的大师不都是了然无疑的吗？当代的绘画却令我们望而却步。

美丽的月色多么明白，松下吹来的风声多么清凉，内涵与本质就有深刻的穿透力，形式的存在只是让内涵、本质更清晰罢了！创作的人，很有必要，每隔一段时间就烧灼一次形式的面皮呀！

无情眼

有情风万里卷潮来,
无情送潮归。
问钱塘江上,西兴浦口,几度斜晖?
不用思量今古,
俯仰昔人非。

—— 苏东坡

带孩子到东部宜兰的头城,听说头城有非常美的海滩,我们便转到海滩去。

海滩果然是像传说的那么美,可惜已经被规划成海水浴汤,美已经减损了几分,幸好海水浴场尚未开放,海滩上空无一人,我和妻子带着孩子到海滩散步。

东部的海浪因为海风强大的关系,往往有一两层楼高,到了最高点,哗然倒下,然后像奔马一样,冲向岩礁与沙岸。到沙岸的潮水波波相挺,一圈圈的涟漪就穿过我们的脚边。到礁

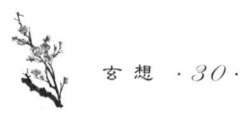

石的潮水，则是淘天，卷起千堆雪。

孩子如此近距离地看海浪，惊呼连连，海的巨大、纯然、无杂，使人不论什么年纪，都会惊讶的说不出话来。

我们就默默地坐在海滩的白沙上，痴痴地看海。

海本来应该是平静的，风使它摇动了。

可是，如果风可以无止境地推进海，为什么海到了岸边却又会倒退呢？

海是有尽的，风是有尽的，正如人生，也是有尽的。

想到了苏东坡的话：

客亦知夫水与月乎？
逝者如斯，而未尝往也；
盈虚者如彼，而卒莫消长也。
盖将自其变者而观之，则天地曾不能以一瞬；
自其不变者而观之，则物与我皆无尽也。

这是美如山水的文字！

你也知道流水和月亮的道理吗？
水不停地流逝，却没有真正地消失；
月圆了又缺，却一点也没有消长。

无情眼

> 从变化的观点来看,天地每一眨眼都在变;
> 自不变的观点看来,万物与我都是无限的。

在变与不变之间,有情就有伤感,有情就有失落,有情就有悲怀,这些都是由变化所生。但是,眼睛如果大到如月如天,伤感、失落、悲怀,不就是海边的贝壳吗?贝壳已死,却留下了形状、颜色与美丽。

所以,为了超脱人生之苦,只好锻炼不变的观点和无限的心情。

作为一个文学家,不见得比一般人易感,只是在感动之余,能在情与无情、变与不变、二与不二之间穿梭。在某一个刹那,我们感动不已,就像我看着心爱的孩子,在大海前奔跑、欢叫,想到不久前他们才诞生在这个世界,仿佛一晃眼就懂得快乐、幸福。这使我感动莫名,但我不会立刻去书写,或者有一天我能感受到更深的启示,我才会书写。

这有些像禅师所说的"心热如火,眼冷似灰",对人生的一切,我的心永远热情、贴近、注视、感受,但是要化为文字,似乎有一双冷静观照的眼睛,后退、飞远、平淡地回来看这一切。

诗,都是情书;情书却不一定成诗。

因为,情书太热,诗却要冷中带热。

情书是松枝在大火中燃烧，劈里啪啦，热浪逼人。诗是大火烧过的松木炭，有温暖、有光亮、无燥气、无烟尘。最好的松木炭，可以焙菜，可以烘咖啡，可以烧肉，还可以在最寒冷的冬夜温暖我们的心。

文学家的不同，是书写时有一种无情，那无情的状态，就像东坡笔下，是看着海潮退去的心情。

我的眼已经冷到像松木炭燃过的灰烬，用火钳探开，里面还有星星的暖意，如此情境才是书写的最佳时刻。灵感来时振笔疾书，也是可以，但要看出火候，得等到火烧过之后。就像唯有看过秋光秋色中的满地黄叶，看过满目萧索的冬之荒芜，才能精确而深刻地描绘春景。

站在辽阔的海边，使我想起自己一直也站在人生的海边，海景不会有什么变化，五十年前看到的海，到如今依然，但看海的眼和看海的心变了，海也就不同了，缅怀与伤感融入了海水，使海水变得比少年时更咸了。

我书写人生之海，静观人生之海，用无情的眼不断地送有情的风吹过。

那不是无情，而是在风、潮、江、浦、斜晖里，文学是万象之一环，文学家无非是沧海之一粟呀！

阳明山菜

> 只有一道无人设计的薄墙
> 介于我俩之间；
> 只要由你或我发出一声呼唤，
> 就会使它无声无息地
> 很快倒塌。
>
> —— 里尔克

雨丝像风片的春天，开车上阳明山。

看到一个老太婆蹲在路边卖菜，头戴斗笠，身穿雨衣，瑟缩在雨里，显得格外瘦小。

我下车去买，才发现她面前的菜篮里东西少得可怜，只有一颗高丽菜、两条黄瓜、一枝竹笋，总共一百二十五元。

我全部买下，这样老太婆就可以回家休息了。

在路上，我一直在想，老太婆采了自家的青菜出来卖，总价才一百二十五元，不知她已经在雨中蹲了多久，如果我不

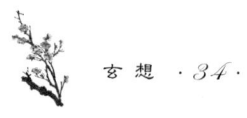

买,是否她还要在雨中蹲更久?

又想到,一清早,老太婆就在山上的园子里工作,摘黄瓜、挖竹笋、采高丽菜,雨打在身上、脚踩在烂泥里……那个画面使我想起童年时代随父母在田中工作的身影,想到在这美丽的土地上,有许多人都是这样辛苦工作,是如此努力,又如此艰辛,这使我感到一点酸楚。

我记得孩提时有一次陪母亲在路边卖鸡蛋,我看着天空不断的阴雨,内心祈祷鸡蛋赶快卖完,但我们的鸡蛋终于没卖完,而母亲和我却都湿透了。

从此,我只要在市场、在路边,看见老先生、老太太卖东西,不管卖的是什么,我总会买一些,如果所剩不多,我就全买了,然后我会说:"阿伯仔,卡早回去休困了。""阿婆仔,赶紧回去抱孙吧!"这样做的时候,我会忍不住想起一些早年的记忆,听到数十年前时代的叹息,心里也会生起一些祈祷与祝愿,希望那些蹲踞路边像我的爸爸、妈妈的阿伯、阿姆,他们能一天比一天有更好的生活。

住在阳明山的老汉老婆婆,可能个个都是亿万富翁,只要卖了祖居的土地,就能一生无虞了。但是他们依然在山坡上辛苦耕耘,穿着流满汗水与泥土的汗衫,卖着仅够温饱的菜蔬。

他们一生都不失去农夫的本色。农夫本色就是耕作与收成，是不分贫富的。农夫本色是看着自己的耕种在成长，感到欢喜，当自己收成时，感到幸福。在田间采了一篮子欢喜，到路边去卖给幸福的人，他的许多美好的记忆也一起放在篮里，给偶然停车的人提回家去。

看着阳明山卖菜的老婆婆，我想到我总是喜欢本色鲜明的人、也喜欢本色鲜明的事物，因于这种喜欢，我也喜欢本色鲜明的文章。

耕耘是人生的真实，土地也是人生的真实，五十年前阳明山的土地一坪百元，现在一坪地数十万元，这与一位本色鲜明的农人何干？如果你在假日偶尔上山，会看到我总是在自家土地的路口卖我自种的山菜；如果你无缘路过，或路过的时机不巧，我总是在田里耕作，你听过我的电话答录机吗？

"我如果不是在田里耕种，就是在前往田里的途中。"

创作不也是这样吗？在完全没有稿费的时代，我们一天以一个馒头果腹，另一个馒头的钱省下来买稿纸和邮票，用门板拆下来当桌子写作。在名满天下的时候，我们还是把最好的时间用来写作。我们以作家的本色发出呼唤，希望介在人与人间的薄墙倒塌！

我记起在平等里向一个老伯伯买山菜，他指着自己广大的山药田，说："三十年了，我在这个棚子卖山药三十年了！"

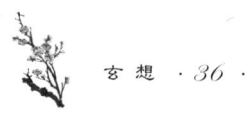

我们的心情在那一刻如此靠近,我只知道自种的是有机的、最好的山药,谁在乎区区的小钱呢?

晚餐的时候,妻子把山上老婆婆种的笋凉拌,黄瓜做成沙拉,炒了高丽菜。我们内心欢喜,品尝到青菜最甘美的滋味,仿佛山上的青翠与流云一起来拜访了我们!

天空的心

> 我本来属于天吗?
> 为什么天,
> 不断向我投来蓝色的目光,
> 引诱我的心向着天空。
>
> —— 三岛由纪夫

读了一套三岛由纪夫《丰饶之海四部曲》的新版本,《春雪》《奔腾》《晓寺》《天人五衰》,都是我年轻时代就喜欢的作品。每次想到三岛由纪夫写完《天人五衰》后,立刻出发赴死,内心都会有幽微的震动。

作品重读,依然感动,出版社还把三岛由纪夫写这部巨作的随笔《三岛由纪夫文选》随书附赠,让人追索作家创作背后的心情。

三岛由纪夫说:"我绝不按人们所期待的那样说话,我绝不按人们所期待的那样生活。"

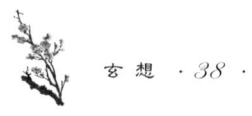

"软瘫瘫的青年是多么爱软瘫瘫的文学表现呀!这种事,凭我的经验,我是十分清楚的,因此,我更要远离这种表现。"

最惊人的是,当外国新闻记者问他:"你的使命是什么?"

三岛由纪夫想说的是:"我要给人类带来死和破坏!"

接着,他自我解嘲地说:"然而,这二十年间,尽管我是小说家,自己所写的东西不仅没有给读者带来死和破坏,连让读者感冒一次也不可能。如果有人竟没有察觉到这一点,就是个不折不扣的傻瓜!"

文学的力量何在?作家的使命又是什么?如果有人写作二十年,应该都会深刻觉察到文学的无力感,想使读者在肉体上得一次感冒都不可能,作家的文字实在比滤过性病毒无力得多。但是,读者却希望作家像一般人期待的那样说话、那样生活。

作家不能使人感冒,也无法治疗人的感冒,然而,作家似乎也不是一般人。

创作的无力感有时强烈到使许多作家自杀以终!三岛由纪夫就是其中最强烈的例子。

当一个认真的作家,不停思索自己的使命,好像是不可避免的。作家的使命并不在身体上,而是在思想、观点、感受上,概括地说,是在心灵吧!

透过写作,作家发展那些更广的视野,就好像仰望天空或俯视大地,与天空或大地相回应;作家也探索那些更深的感觉,就好像潜行深海或极地破冰,触及到感情与思维的临界点。

> 广的,使人豁然。
> 深的,使人凛然。
> 广的,引人高视。
> 深的,引人低徊。
> 广的,令人平怀。
> 深的,令有忧思。

"高高山顶立,深深海底行。"禅师不也如是说吗?禅是心灵的,能令人深广;文学也是心灵的,亦能令人深广。

如果创作文学只是写故事、说情节,还不如打开电视,走进戏院。文学应该有更奥妙的存在吧。

在人生的旅行,有人的旅行终结于青春时代,有人的旅行终止于大学毕业,有人一生根本没有开始旅行,作家为了更广更深的探究,势必是终生旅行者,带着文字旅行,终止于倒下的一刻。

我喜欢三岛由纪夫的一首诗《伊卡鲁斯》,描述发明家代达罗斯的儿子,因用蜡制成翅膀,贪图高飞,结果飞得太接近太阳,翅膀融化,坠地而死。

开头的几句是:

> 我本来属于天吗?
> 为什么天,
> 不断向我投来蓝色的目光,
> 引诱我的心向着天空,
> 更高更高地,
> 飞向比人类所能达到的更高的地方。
> …………

心的泼墨

> 年轻时,唯恐其不入;
> 到如今,唯恐其不出。
>
> ——张大千

张大千晚年自创泼墨山水,有人问他心得,他说:"年轻时,唯恐其不入;到如今,唯恐其不出。"

既入又出之后,果然,他以泼墨山水奠定了一代大师的地位,一而再再而三地改写了拍卖市场的天价。

就像一般艺评家所知道的,张大千早年曾用很大的工夫摹写敦煌壁画,又善于临摹古人名作,他的仿作以假乱真,不只传形,简直到了传神传意的境界。也可以说,他的创作技巧不只与古人并驾齐驱,甚至超乎古人。

以大千的天才,知道不断地"入",路越走越窄,连转身都感到困难,只有跃"出",才会海阔天空,在一次泼翻墨水的经验中,他把过去的技巧也全泼翻,泼墨于焉诞生,介于写

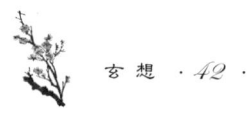

实与写意之间,介于创作与随机之间,介于真实与抽象之间,介于人间与天上之间,绘事终于独开新局。

艺评家比较不知道的是,如何去评断泼墨山水在绘画上的价值。其实,泼墨山水最动人的,是它不用"评断"来欣赏,而是用"感觉"来欣赏。张大千以泼洒的墨,创造了一个元气淋漓、精神焕发的空间,我们感觉到美、梦幻、和谐、苍翠、氤氲,我们不必有任何的评断,只是相印的感受。

完全没有笔触的、看来毫无章法的泼墨,反而是最难的。我曾在古董书画市场,看到许多仿张大千的作品,但大多是仿他壮年之前的作品,泼墨作品几乎无人仿作。原因何在?因为"入"是有路可循的,"出"却是无迹可寻。经过"入"而"出"的张大千,才能泼出那样的墨;还没有"出"过的仿人,马上就会被识破了。

创作如此,人生的情境亦然,循着画好的地图前进,循规蹈矩、亦步亦趋,成为一个四平八稳的人,写下十拿九稳的作品,留给平凡人一个好的评断,这是不难的。艰难的是,放下笔触、抹去线条、舍弃手中的蓝图,打翻铅字架、泼倒墨水瓶,以内在的感觉推动,随意随机地去完成一幅作品。

在崭新的作品中,只有感受,没有评断。

三十岁以前,我得过大部分重要的文学奖,参加所有报纸的文学奖,都拿到首奖。最近,一位年轻的作家问我:"你如果再参赛,会不会再得首奖?"

我向他说了张大千的例子,既然"求出",鸢飞鱼跃,海阔天空,早已超越评断,哪里还有一个入处?

双头甜

写作是魔术,

就像任何创作艺术的生命之水……

这水是免费的,

你可以无限畅饮。

—— 史蒂芬·金

路过市场转角,看到有人在削甘蔗,纯熟不凡的刀法吸引了我的驻足。他先握住甘蔗头削甘蔗尾,一次就可以削半根甘蔗,不到一分钟,就削好一根甘蔗了。

也许是我太安静,也许是削甘蔗的人太专心,他削好几根甘蔗后才发现我的存在。

"要吃甘蔗吗?"他边问,还不停地削着。

"给我三瓶甘蔗汁吧!"欣赏了这么久的神奇表演,总该给一些慰劳,我想。

我没有买甘蔗,并非我不喜欢啃甘蔗,而是因为中年之后，齿牙动摇，啃不动甘蔗了。

想到从前在乡下，常常跑到糖厂小火车路过的铁轨，捡拾落下的甘蔗，坐在乡间大树下啃甘蔗的情景，总使我内心非常甜蜜。

由于落下来的甘蔗很多，我们只啃那些最好的。最好的甘蔗先是要双头甜，蔗节要宽松，才会脆爽；蔗身要一手盈握，粗细适中，有时啃到很好的甘蔗，咬一块皮，一口气撕到底，欲罢不能，令人感到无比的痛快。

细细咀嚼甘蔗，并尽最大的力量把蔗渣吐得远远的，那种快乐是喝甘蔗汁不能感受到的，天下的甘蔗汁都一样，但每一根甘蔗都不同。

啃甘蔗与喝甘蔗汁，所得到的内容和营养都是相同的，但是形式和过程是多么不同呀！这使我想到宋朝的词牌，词牌名字一样，音韵一样，指涉与象征也一样，甚至字数也一样，但每一个作家所填的词，情感与意境又多么不同！

写作的魔力与趣味就在这里，文学家试图在形式与内涵都创造一个并美的境界，像唐诗的五言七言、宋词的词令，形式已是完美，只能在内容上创造高峰；有的文学家，年轻时思想已经成熟，不断用各种形式，来使作品变化万千，重峦叠翠。

回到家,我倒了一杯甘蔗汁,一边读当代最畅销的美国作家史蒂芬·金的《我的作家生涯》。虽然很少台湾读者读史蒂芬·金的作品,但看过他作品的改编电影《战栗游戏》《刺激一九九五》《绿色奇迹》……一定会心有所感。

改编成电影是甘蔗汁,原作是啃甘蔗。

史蒂芬·金说,做一个畅销作家,因为故事引人入胜,往往会被忽略了词汇、修辞和风格,但他认为自己最重视的就是词汇、修辞和风格。就像一个优秀的木匠,如果有一个工具箱,会建造房子、银行和商店。一个优秀的作家,如果有稳健的词汇、修辞和风格,就可以建造任何想要的世界。

当然,如果你只喜欢甘蔗汁,我也可以打给你喝,这个时代不就是这样吗?人人喜欢喝一样甜美的果汁,但如果你有一副好牙,会发现啃甘蔗的过程更有趣、更迷人。

史蒂芬·金在发生濒临死亡的车祸之后,才决定把一生的写作经验与读者分享,我最喜欢其中的一段:

写作不是为了赚钱、出名或交朋友。

别人借由阅读你的作品,丰富了他们的生命,而你自己因为写作得到进步、超越和快乐。

…………

如果你够聪明而能及时开始,你将会成功。

写作是一种魔术,就像任何创作艺术的生命之水,这水是免费的,你可以无限畅饮。

喝吧!尽情地喝吧!

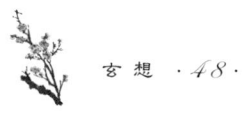

一生从容

当今之世，
人要活下去，
也是不容易的。
能有点文学艺术修养，
才能活得从容些。

—— 台静农

在台北中山纪念馆，每逢假日，总有许多青少年溜直排轮鞋，还有一些教练免费指导。

我喜欢看人溜直排轮鞋，因为它充满了力、美与速度，如果再年轻几岁，我也想来学溜滑轮。

散步的时候，只要路过台北中山纪念馆，都会转进去看人溜滑轮，我最喜欢在入口的地方，看教练教导初学滑轮的人。

教练的开场白经常是："溜滑轮最重要的是要先学会跌倒，如果我们懂得跌倒而不受伤，就不会害怕跌倒，学会溜滑轮就很快了。溜滑轮和骑自行车一样,一定会跌倒,不跌倒是不可能学会的。"

教练开始示范,高速跌倒时要如何翻滚,撞到东西时要如何闪避,失去平衡时要先保护重要部位……

看着教练在那里不断地跌倒,我忍不住想:"跌倒的学问可真大呀!"

接着,换学员练习跌倒,他们一个个穿戴整齐,有多种安全保护,头盔、护膝、护腕等等,很像外星来的兵团在练习作战。

"一二三,扑倒!"

"一二三,前滚翻!"

"一二三,侧滚翻!"

"一二三,相撞!"

听着教练的指挥,学员不断地练习,看来非常有趣。学跌倒学得差不多了,教练问:"还怕跌倒的,请举手!"

没有人举手。

"现在,可以自由带开,去溜滑轮了。"教练宣布。

一群人于是往空旷的广场溜去,仿佛射出去的箭。

每次,看人学跌倒,总使我深有感触,想到在实际的人生中,从来没有人教我们怎么去跌倒,也从未有人在一开始就告

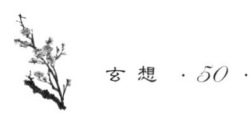

诉我们:"你的感情会跌倒!你的学业会跌倒!你的事业会跌倒!你的人际关系会跌倒!因为人生和溜滑轮一样,一定会跌倒,不跌倒就不叫做人生!"

由于没有学过跌倒,在每一次跌倒时总是伤得很重,甚至个性比较刚烈的、比较要求完美的人,一跌倒就完了、绝望了、万念俱灰了。

当我们看到有些人为了极轻微的跌倒,就自伤、自残、自戕、自杀,做出比实际跌倒更严重百倍的自我凌虐时,内心总有深深的同情,在同情的时候又忍不住会问:为什么没有人教我们跌倒,为什么我们在成长的过程中没有学过跌倒?

我们总是告诉孩子:"不要深陷感情的泥沼!"

却很少告诉孩子:"在感情受伤时,正是显现风格的最好时机,要尊重别人的选择,要善待自己。"

我们总是说:"要尽一切可能地追求成功!"

却很少说:"在追求成功的路途上,要给自己留空间,给别人留余地!"

我们总是说:"往前冲,什么都不用怕!"

却很少在往前冲时戴头盔、护膝、护腕,做好保护措施,并预先演练跌倒。

人生里的跌倒与失败,几乎是必然的,跌倒的价值是使人坚强，失败的意义则是让我们更珍惜人生。一个人如果学会跌倒、学会认识失败，等于是学会人生的一半了。

不怕跌倒、不畏失败，就能生起一些从容。

从容，是老天送给内心有空间的人最好的礼物。

当我沿街散步，看到美丽的街景，总会停步；看到动人的情境，也会驻足；随情随性地穿街过巷，然后回头看到人潮与车流，向不可知的地方奔赴，我总庆幸自己是个作家，有一些内在空间，有一点从容。

对我来说，写作就是希望的请帖，我只要每天拿这张请帖，就能立即抵达繁花似锦的彼岸。

对我来说，写作就是美好的安慰，我只要每天有新的思维，就能很快发现失败和跌跤的意义。

我不是那么烦恼，也不是那么在意！

我不会那么执著，也不会那么僵化！

我不想那么缓慢，也不想那么着急！

我不爱那么虚无，也不爱那么现实！

我已穿了文学的轮鞋，也跌倒过数回，我还会自由地去溜滑轮，比起昔年，我已学会了从容。

姑婆叶的繁华

> 对每一种自然形态,岩石、水果或花,
> 乃至铺在公路上的石子,
> 我都见出一种精神生活:我看到它们感觉,
> 或使它们达于某种感觉;
> 大块身处于一灵活的灵魂之中,
> 而我所见到的一切均透露着内在的意义。
>
> —— 华兹华斯

参加亲戚的结婚典礼,在大饭店的结婚礼堂,赫然看见许多姑婆叶,用来烘托红色的玫瑰、粉色的桔梗、紫色的郁金香,以及巨大而优美的蝴蝶兰。

那些美丽的花卉,在姑婆叶巨大的叶片衬托下,更显得繁华和生意盎然。

过了不久,去参加一个长辈的葬礼,在佛教的寺院中,又

姑婆叶的繁华

看见姑婆叶,擎举着白色的玫瑰、百合、菊花、郁金香。一式的洁白被葱绿的姑婆叶包覆,更显得庄严肃穆,有着含蓄的忧伤与悠远的思慕。

"姑婆叶什么时候,竟然进了殿堂,与那些昂贵的进口花卉,举案齐眉呢?"我心里这样想着。

后来,在逛花市和花店时,就格外留意姑婆叶的踪迹,发现在我常去的花店里,一株种在盆里的姑婆芋,竟然有两千五到三千的价格。而一片美丽、巨大、没有瑕疵的姑婆叶,与一株香水百合是等价的。

这种发现,使我感到惊奇,许多不识姑婆叶的台北人,可能会以为它也是进口的某种花材吧?或者是因为不认识姑婆叶,反而能欣赏它纯粹的美,而摆在高贵的殿堂呢?

我想到,从前听乡间长辈提起,"姑婆叶"命名的来由,是"因为这种植物太多、太会长,像老姑婆的唠叨杂念一样。"可见,姑婆叶是台湾乡间"真臭贱"的植物,"臭贱"并无贬抑之意,而是说它易于繁殖,多得不得了。

从前,在塑料袋、纸袋尚未普遍使用时,市场里包鱼、包肉都用姑婆叶。包好后,干草一扎就提回家去,使用完后丢弃,既卫生又环保。

姑婆叶也是乡下孩子最好、最便利的伞,西北雨突然来的

时候，随手在路边摘一片当伞撑到学校去，雨一停，顺手丢在路边。

我也听爸爸提过，从前在山坡种作，若是不知道哪边的田土肥沃，只要看姑婆叶长得茂盛的地方，必是肥沃之地。犁田翻土之后，原来的姑婆叶埋入地里当堆肥，会使土地更有地力。

我也确实有一个姑婆，常拿姑婆叶蒸粿、蒸年糕，在乡下是非常普遍的。后来有学者研究出姑婆叶有轻微的毒素，用来蒸食物使人嘴麻、头晕。我努力回想，吃了十几年用姑婆叶蒸的粿也没有那些现象，可能是乡下孩子终年饥肠辘辘，神经比较大条吧！

姑婆叶可以说是台湾乡间最土、最俗，也是最融入生活的植物。从前的人若知道一片姑婆叶价格超过两斤白米，恐怕会从地里跳出来大叫："夭寿喔！凸肚短命的！做鬼仙想也想不到姑婆叶有今天！"

在我童年的时候就觉得姑婆叶有非凡的美，那种美是一点也不输给莲荷的，即使在最僻静、无人的山野，姑婆叶也是乱头粗服，不掩国色。

那美丽的姑婆叶终于让现代人看到它的美质，在生或死的殿堂，在喜或悲的时刻陪伴我们；就好像童年的时代，在炎日中我们拿来遮阳，在风雨里我们拿来避雨一般。姑婆芋虽然无语，却使我们感到它旺盛的生命力，和不即不离的亲和。

美，不论在何时何地，都不会失去的，包猪肉的姑婆叶与伴着圣歌的姑婆叶，并没有分别。

我有一位好朋友，是知名的服装设计师洪丽芬，她留学巴黎，设计的服装非常前卫，曾在世界各大城市举行服装展览。在台北，她换过许多工作室，不管工作室在何处，门前一定种了一片姑婆芋，长得比人高大，仿如热带雨林。

每一次，当我穿过她那繁华的姑婆芋围绕的院子，去看她新设计的洋溢着现代风味、充满才情的作品，我的内心都会非常感动。这些美丽、旺盛、翠绿、充满生命力的姑婆叶，使我们永远不会忘记："我们是来自台湾乡下的孩子。"

在寻索着人、景、境之美的旅程中，姑婆叶的美是一种发现，我总相信一切的美都来自于人景境的相应。先有了美的眼睛，才能看见美的景致，人与景相应则生起了境界。

境界不是在什么特别的地方，生命的繁华也没有什么秘密，只是带着有情的心去看生活中的小小流露，诗情、诗心、文学、文采，都来自化平常为神奇之这种繁华吧！

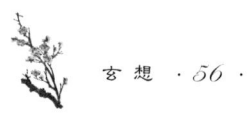

宝剑留结他日缘

情与义不能相比,
情字面前,义字根本不存在。
有情,就一定有义。
有义,却不一定有情。

—— 王度庐

看完李安导演的《卧虎藏龙》,沿着夜街散步回家,凉风舒爽、星月交辉,使我想起多年前与李安第一次会面的情景。

当时,他刚拍完《推手》,一个朋友带他到家里泡茶,李安带来了他在路边买的臭豆腐,我说:"臭豆腐配茶有点奇怪,不过,如果喝普洱茶就配得上了。"

我们一边喝普洱茶、一边吃臭豆腐,听过一位刚完成第一部电影的年轻导演,谈起他在纽约的生活,以及对电影艺术的抱负。在纽约下雪的冬夜,他到提款机提钱给孩子买奶粉,却发现连买奶粉的钱都不够……回到家里,还是继续写那似乎永远不能开拍的电影。

幸好,他终于拍了《推手》。

"其实,我最想拍武侠片,那些武功可以拍得很美,让人看到武艺就感动。武侠片最重要的,是一个理想中的世界,自由、浪漫、没有束缚……"李安说。

在这俗味的人生,谁不向往理想世界呢?经过这么多年,李安终于拍了《卧虎藏龙》。这部电影广受喜爱,那并不是竹林打斗、飞来飞去的缘故,而是他说出了情义的境界、情义的包容、情义的理想。

我少年时代就读过王度庐的《卧虎藏龙》《宝剑金钗》,发现李安把王度庐的小说完全改了。最大的改动,是把周润发饰演的李慕白完全的理想化,在原著里,李慕白曾有一段时间流连于妓院,与铁娘有过一段柔情。李慕白是个保守僵化的江湖人,只认义气,迂腐不堪,因为心爱的俞秀莲早已许配给孟思昭,以致一直不能表白内心的爱。

李安拍李慕白,使他成为大情大义、至性无缺的大侠,确立了"武侠不同于人生"的理想境界。

在王度庐的原著,李慕白与俞秀莲、罗小虎与玉娇龙最后"有情人终成眷属",有一个大圆满的结局;李安改编的电影,却使圆满的结局幻灭,死的死、散的散,只给我们留下情义的

惊叹!

大部分原著改编的电影,因为想象被断灭,都会逊于原著,但电影《卧虎藏龙》却远远胜过了原著,是因为他树立了理想之情的典型,理想之情是涵容一切的,是一往无悔的,是超越悲喜与生死的。

这是我时常感到迷惑的问题:是不是杰出的艺术创作里都有理想之情呢?什么才是理想之情?

我们在现实的人生里,凝视、倾听、沉思,这使我们看、听、停,再前进,游行在一个浮面的层次。

往往在我们闭上眼睛,形色隐没时,才看见了。

当我们的言词沉寂,在辞穷句冥时,才听见了。

当我们把思想倾空,不思不念时,才清晰了。

有情在无情中,分离在相遇之时,不凡在平凡之内,呀!哪一条河流不是在重山阻隔中找到出路呢?如果理想之情是河流,它就会自由地在山谷中寻路;如果心与心相呼应,就会像挂在树梢的剑,被有缘的人找到。

艺术创作也是如此,自己在寻找着出路!只是虔诚的创作者,内心总会挂着一丝理想之情。

我想到有一年到美国加拿大巡回演讲,路过洛杉矶,洛杉矶的朋友高光博说:"想介绍一个神秘的朋友与你会面。"

当我们相见时,忍不住大笑,原来是大导演李安,正为新片在美国西岸做宣传,我对李安说起高光博的用语,说:"我们两个也够神秘了。"

创作的人不必常见,只要沿路挂着宝剑,总会看见闪烁的光芒。

人生,复杂而繁琐。

创作,是简单而伟大的事。

从创作看人生,不要陷入河流,要常想想河边的风景。

从人生看创作,不要捉住天空,要真正地变成天空。

留在大地的墨痕

我家洗砚池头树,个个梅花淡墨痕。
不要人夸好颜色,只留清气满乾坤。

——王　冕

我喜欢佛教的一则故事。

佛陀在菩提树下,将成正觉,魔王大为紧张,用了一切威吓、美色、恐怖、扰乱,希望阻止佛的成道。

当一切都无效的时候,魔王只好自己出马,魔说:

"我只问你一句,如果你能回答,我就立刻消失。在你之前有无数的修行者,他们的修行比你用功,花的心血不输给你,但是,从来没有一位修行者,敢在坐下的时候说:'若不得证,不起此坐!'你凭什么这样说,又凭什么确定自己一定会得证呢?"

佛陀默然不言,伸出一指,指着大地。

留在大地的墨痕

魔王波旬,长叹一声,立刻与魔军消失了。

大地一片清朗,在天将明之际,佛看见天边的一颗明星,开悟得证了。

佛一字无说,究竟是说了什么?他一指指地,是在说:"我所做的一切,大地已经留下了证据!"

我的所思所行都在大地上做了记录,这是为什么佛说,农夫是"犁田"的人,而自己是"耕心"的人!

耕心的人,把一切写在心上,无垠的大地,是他的稿纸,笔墨浓淡,是他的修行。

有一年,我到四川巡回演讲,到了重庆,重庆的作家聚集在一起座谈,我就谈到了佛陀的这个故事,说到一个作家的意义,也是把自己的所思所行在大地上留下证据,凡写过的必留下痕迹。

我引用了王冕的诗,王冕的梅花画得很好,有人问他如何才能画好梅花,他写了一首诗,白话是说:

我家洗砚池边长出来的梅树,
每一朵梅花都有墨的痕迹;
不是要人夸耀美丽的颜色,

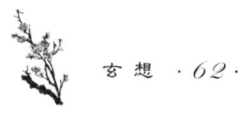

只想留下清香的气息溢满乾坤。

朵朵梅花,不是突然生长的,是从洗砚池旁边来的,它吸了多少墨汁,才能长得如此美好、如此真实;它长得这么美好,不是想要别人的赞美,也不是自炫,而是把清香留给世界。

王冕说对了,与他同时代的梅花早已谢去,他笔墨的梅花还在溢放着清香!

佛陀也是,佛早就圆寂了,但是他耕耘在大地的证据,非但没有消失,还是一样明晰,并且流传在更远的大地。

创作者为什么要创作?创作的价值与意义何在?这世界难道没有更美好的事吗?为何要竭心尽力地把生命耗费在不断的创作上?

创作者不必夸耀,也不必妄自菲薄,画家把色彩留给大地,音乐家把声音留给大地,作家把文字留给大地……因为大地不欺,地无私载,我们才可以真诚地吐露,才值得用一生的力量去完成。

在我们的内心深处,必然有一些东西可以超越局限、穿透生死,就像点燃黑夜的天上星月,那些超越与穿透虽然是来自个人的情感,但如果不与大地相呼应,不与季节的转换相和谐,不与日升、月沉相契入,那就像玫瑰剪枝,在动剪的刹那,玫瑰已经死亡。

美好的创作不是玫瑰剪枝,而是走入田原去看那些盛开的玫瑰,若能瞥见玫瑰的精魂,玫瑰在心里就永远不谢、永远留香。若在某一个春日,形之笔墨,玫瑰就超越了局限,穿透了生死!

洗砚池边的梅花,正是大地的梅花。

清淡的墨痕,正是梅花留在大地的精魂!

我们不宁静,是由于我们不完整的缘故。

我们不完整,是因为我们孤困了自己。

如果打开了与大地的一点灵犀,我们就走出孤困,我们就完整了,我们也宁静了,至少,在创作的时刻。

分享生之苦乐

> 天听寂无音，苍苍何处寻。
> 非高亦非远，都只在人心。
>
> ——邵　雍

台北的"新糖主义"和"柏拉弗"面包店，是极少数出售面包皮的店，有一种全麦面包皮，非常芳香、结实，有嚼劲，而且十分便宜，一大包才二十元。

几年来，面包皮一直是我的早餐，面包皮的韧度够，可以包一些海苔、肉松、苜蓿牙，卷起来就像寿司一样，吃来平淡，意韵深长，我一直觉得是人间难得的美味。

煮汤的时候，我会把面包皮烤过，切成丁，撒一把在汤里，汤里立刻有了不同的芳香，仿佛是站在果实累累的麦田里，突然吹来了一阵和风。

喝下午茶的时候，我会把面包皮烤得像饼干香脆，坐在可以看见青山和溪水的阳台，配着咖啡或茶，安静地咀嚼；看着

白鹭鸶沿溪水上空飞过,会觉得,能那样咀嚼一片全麦面包皮已是生命中的极幸福的滋味。

偶尔回想起来,童年时代,母亲为了让我们吃饱,会用极低廉的价格到市镇面包店买面包皮,放在竹筛子铺平,架在屋顶上晒干,以便久藏。

我们等不了那么久,常常用竹梯爬上屋顶,抓一把切成条状的面包皮,跑到河堤岸去吃,当时的感觉说多幸福就有多幸福!

现在依然喜欢吃面包皮,可能和那一段经验有关系。

每个人的人生经验是不同的,展现出来的观点和态度也就不同。

我觉得全麦面包皮是很美味的食物,常拿出来和朋友分享。

有的朋友非常喜悦,说:"你在哪里找到这种面包皮?真是难得!"

有的朋友并不喜欢,说:"哎呀!我平常吃面包都会把皮剥下来丢掉,你怎么还特地去买面包皮来吃?面包皮有什么好吃的!"

不论喜欢不喜欢,我乐得与人分享,也乐得独享。

分享有众乐乐的快慰,独享有独乐乐的欣喜。

今天,我在吃面包皮的时候,想到:人生的路不正是如此

吗？我们一直在寻找知味的人，来分享我们生命中的种种体会，这种体会有时是来自大的震慑，有时是来自一片小小的面包皮。

可惜知味的人难觅，大部分的苦乐我们都要独自品尝。

独饮生命的苦汁，也独唱生命的欢歌。

当我们独自、安静、细细地咀嚼生的苦乐时，我们才触及那更深刻的境界。

如果找到知味的人，一起分享生之苦乐，我们就会开展出更广大的胸怀。

在内心深处，我一直相信，有一些人会懂得品尝面包皮的好滋味。正如我总相信，在不可知的地方与不可知的时代，有一些人能在文心中与我相会。

与知味的人分享生之苦乐，意味着，对那些不知味的人不必强求，诗人艾略特说："别人讲我们几句闲话，我们应不加理会，一如教堂的尖塔不理会群鸦争噪！"

文学家的生命密意，一是不断透过写作探触更深的内心世界，使之更为明晰；二是把内心所触及的境界与有缘的读者分享。因此我更服膺沙持说的话："精神产品既是具体又是相像的对象，只有在作者与读者的联合努力下才能出现。只有为了别人，才有艺术；只有通过别人，才有艺术。"

"阅读,是作家的豪情与读者的豪情缔结的一项协定;每一方都信任另一方,每一方都把自己托付给另一方,在同等程度上要求对方和要求自己。"

这是多么美丽的豪情,我们之所以能创作不倦,多少是受到这种豪情的驱使。

我们可以独乐乐,但是透过了别人的分享,喜乐乃更可确立。

就像我的孩子,几年下来,喜欢吃面包皮胜于吃吐司,透过分享,有一些滋味虽无法言说,却是心有戚戚,连孩子也足以品味。

品尝一片面包皮而仰望苍天,都是寂然没有音声,只要人心开阔,大有大的辉煌,小有小的精微!

连兴老店

> 事不可做尽,
> 势不可倚尽,
> 言不可道尽,
> 福不可享尽,
> 凡事不尽处,
> 意味偏长。
>
> —— 僧显公

在台北基隆路,凯悦饭店斜对面,有一家连兴老店,已经开了半甲子,价钱便宜,常使路过的人大吃一惊。

一大盘什锦炒面,四十元,一个人吃不完。

加大的什锦炒面,四十五元,两个人吃刚好。

任何的炒菜,都不超过一百元,一大盘炒虾,一百元。一大盘炒花枝,一百元。一大盘炒青菜,只要五十元。

有一次,点了一碗虱目鱼汤,一百元。端出来是一大碗,

连兴老店

吓了我一跳,三个人勉强才吃完。

如果喜欢吃卤味,只要两百元,就能给五六人享用。

价钱便宜不稀奇,连兴老店是由一对老夫妻经营,他们都有惊人的厨艺。例如用凤梨豆瓣煮出来的虱目鱼汤,只要换一只精致的碗,摆在大饭店的酒席上也丝毫不逊色。

他们会有这么好的厨艺,是因为三十年来菜色没有变过,一个人煮同样的菜三十年,精益求精,煮出好菜是理所当然的。比较奇特的是,夫妻煮出来的菜,味道完全一样,这可能是互相长期琢磨的结果。

连兴老店有二十年没有涨价了,我问老板:"为什么二十年没有调价?这样怎么经营呢?"

老板说:"来我这里吃的都是一些劳动的人,他们赚钱很辛苦,要吃便宜,又要吃粗饱。我每年都想要涨价,但想到来吃的老客人那么辛苦,就不忍心呢!一年拖过一年,妄度,妄度,竟然二十年没有涨价了。"

为了一点"不忍心",有一些老客人在连兴老店已经吃了二十几年的午餐,怕他们负担不起。

为了一点"不忍心",三十年来,老夫妻就住在面店上方隔出来的三尺高的夹层里,夜里只能爬着进去睡觉。

三十年来,信义计划区从稻田、平房、公寓,到大楼林立,

成为台北市最昂贵的地段,连兴的老夫妻依然过着平常的日子,连兴老店也没有改变过。

我时常会带家人、朋友到连兴老店吃饭,我们坐在廊下,吃着四十元的炒面或二十元的汤面,抬起头来就会看见五十米外的凯悦大饭店的门厅,金碧辉煌。这时,我会感到人生如梦,也会深刻地感受到,即使是最平凡的人,只要有了信念的坚持,生命就会变得美好,这种美好,可以穿越时空。

偶尔远地的朋友来访,到了吃饭时间,我总会开玩笑地说:"走!我们去凯悦大饭店……的斜对面吃饭!"

心地柔软的朋友,到了连兴老店就会有很深的感触。

我总会开玩笑地说:"以后我们到凯悦吃饭,应该改成说'我们到连兴的斜对面去吃'!因为是先有连兴,才有凯悦,连兴又比凯悦可爱、可亲得多!"

在连兴老店吃了一碗炒面,喝了一碗下水汤,散步到信义商圈,经过市议会、市政府,穿过凯悦饭店的回廊,走过华纳威秀人潮汹涌的门厅与新光三越金碧辉煌的大门,再往前走,是一大片菜园,种了芋头、地瓜、冬瓜与白菜、红菜……一坪近三百万的土地,用来种一斤十元的菜,真是令人无限惊奇!

这世界有一些事变化神速,还有一些事永远停步;有一些

人不断发展，有一些人一直坚持。

作为一个写作人，我既欣赏连兴老店的坚持，写作总有一些超越物质的精神境界；我也欣赏信义商圈的快速与繁华，写作也总有一些风格的发展与创见。常有常的好，变有变的妙。

我坚持的是"莫忘初心"，在我很小很小的时候，就相信作家有某种心灵的崇高，可以使人在阅读的时候变得更美好。

我喜欢的作家福克纳，在领取诺贝尔文学奖时会说："我拒绝接受人类的末日！"

多么石破天惊的一句话！

一个小小的面店老板都可以崇高地说："我不忍心对顾客涨价！"

对作家而言，我们所坚持的不同，但情义是一样的，我拒绝接受人类的末日！我拒绝接受！所以，和连兴老店一样，写了半甲子，依然坚持文学的美好！

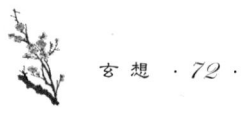

蝶页

> 这就是
> 我歌颂的品德；
> 两次的美是美，
> 而善是加倍的善。
> 冬天
> 两只毛袜
> 就是这样。
>
> —— 聂鲁达

过年的时候，回家祭拜祖先，看见母亲的遗照挂在墙上，我忍不住走到母亲生前居住的房间。

妈妈的房间一如旧样，几个小柜还是她当年的嫁妆，因为太久没有使用，铺上一层薄薄的灰尘。

一切都是灰尘，只有旁边一台老式缝纫机，非常光洁，不知道谁会在最近使用过。

我坐在妈妈的眠床上，立刻就浮现出妈妈的脸容，脸上带着淡淡的笑，一些曾经被冻结的记忆，很快地苏醒过来。对妈妈强烈的思念，使我忍不住在房间里徘徊踱步。

拉开衣柜，妈妈的衣服整齐地挂着。

拉开抽屉，静静躺着一册厚纸板皮的书。

多么的眼熟！打开扉页，竟是我少年时代的收藏，夹了满满的一册蝶翼。

从童年到少年时代，有很长一段时间，我迷恋昆虫，经常在故乡的古山顶上和楠梓仙溪畔，寻找昆虫。我特别喜欢蝴蝶、夜蛾、蜻蜓和豆娘，它们看来那么潇洒自由，有着薄透美丽的双翼。

但是我不忍心杀死它们，只有在草坡和树林寻找刚死去的，有各种艳丽色泽的蝶翼和透明的蜻蜓翅翼，小心翼翼地夹贴在自己做的厚纸簿里。

有一段时间，发现美浓的黄蝶翠谷，总是聚集万千蝴蝶，每次去都可以捡到美丽的蝶翼。假日时我就会一路跑到美浓，在高大的树林间穿梭，一旦拾到美丽的蝶翼，就仿佛找到了无价的珍宝。

这种寻索着美的行为，在务实的乡间被视为是愚蠢而无益

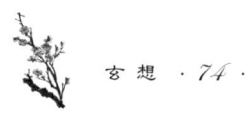

的,一直到我十五岁离家,竟完全忘记了我曾经收藏过这些美丽的蝶翼。

感觉仿佛是,许许多多少年的美好记忆,都随着蝶翼而封存了。

唯一相同的,大概是我一直喜欢蝴蝶,喜欢那么自由、那么美丽、那么潇洒,而且只与美好的事物共生,例如春天,例如花朵,例如草原,例如树林,例如朝阳与夕照……

对于生命里不堪的、苦痛的、困顿的遗忘,是选择的结果;但是对于生命里美好的、快乐的、幸福的册页为什么也会遗忘呢?如果美好的生命经验都能记忆,并且随时重现,不知道有多好?

神经生物学家已经破解了记忆的基因密码,在老鼠身上的实验也已经成功,透过基因转植,可以培养出"超级聪明鼠":有超强的记忆,甚至到老化之后,学习力不输年轻的老鼠。这种增进记忆的药物,也很快就会成功。

但是,杰出的神经生物学家图理(Tim Tully)对此却忧心忡忡,他质疑地说:"如果一个孩子每天上学前吞一粒强化记忆丸,会有什么后果?当他受完十二年教育后,脑袋里会装满多少东西?而装了这些东西之后,将来又会有什么成就?"

记忆是不可靠的，遗忘也可能是美好的。

文学家与科学家不同，文学家不去寻找增加记忆的魔药，而让记忆自然地留下，记在文字上，或刻在心版上，随时准备着偶然的相遇。与十年前的美相会了，就有两次的美；与二十年前的善相会了，就有加倍的善。

第一次与美相逢，我还是少不经事的少年，美便与我会面，点头、微笑、错身，如翼飞入花丛、逸失于天空。多年以后，我们已识得门外的青草，品过甜美沁人的气息，听过深深叹息的声音，走过黑暗中长路点燃的灯光，这时又与美相会，心里的火被点燃、心里的水起波澜，从最深的地方传来一声惊呼：

"呀！我认得你！"

那像是一只蝴蝶与一朵白玫瑰的相遇！

以美作为追寻目标的文学家，只要在生命中不断地贮藏美的经验，期待意义成熟的时刻到来，以令人震惊的力量跃入脑海，美，就会确立起来。

我坐在母亲的床沿，看着那册蝶页，忽然有一个念头闪入脑中：在母亲的最后时刻，她是不是也会坐在床沿，翻着我那少年时代的戏作呢？是不是在她被病痛折磨的日子里，偶尔生

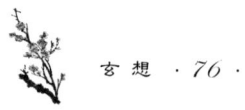

起一些美好的安慰?

　　我把蝶页放回母亲的柜子,因为在我的心里,母亲还活着,这些都是她的收藏。

无患子

假若你是钟声,
请把回响埋在落叶中,
等明年春醒,
我将以融雪的速度奔来。

——洛　夫

　　许多年了,自从我离开家乡之后,总是在寻找一样东西。特别是在超级市场,看见摆满架子的香皂、沐浴乳、洗发精的时候,我总会想起在没有用"茶块"之前,家里用来洗浴的东西。

　　那是一种高大树木的种子,我们称之为"沙文树"。那种子掉落之后,我们把蒴果剥开,里面有黑色坚硬的种子,透明而充满胶质的蒴果则用刀子剁碎,那就是最天然的香皂了。取一些碎片在手上,和水搓揉,很快生出微细的泡沫,可以洗头、洗澡、洗衣、洗碗筷……多么神奇的种子呀!

　　后来香皂普遍了,我也离开了家乡,几乎再也未见那种

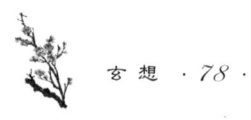

"沙文籽"。它不时从我的梦里、记忆里跑出来,不知道何处能找到回忆中的种籽,问人,也没有人知道。

某一个冬日午后,我带孩子到芝山岩,看到山上满地落下的蒴果,仿佛有人从不明角落用弹珠弹我:呀!这不就是许多年来苦苦寻找的记忆中的种籽吗?

芝山岩的老树立了告示,原来这种树叫"无患子树",里面还介绍了是"老祖母的肥皂树",树龄已有两百多年了。

没有想到,在乡间已经绝迹的肥皂树,在城里的小坡上却有几棵数丈高的巨树。我坐在树下感动了一阵,立刻带孩子上洗手间,用"无患子"洗手,并向他们说起肥皂的故事:古早、古早,在还没有香皂的时代⋯⋯

人生的情境有时是如此神奇,到处寻觅而找不到的,偶然间跑到我们跟前和我们招呼:"嗨!我在这里!"在与某人某事某物相会时,我会为因缘的不可思议而叹息,在叹息声中,一些心情、一个观点、一篇文章就找到了安顿,感觉与思想也找到了出口。

发现了童年的"无患子树",我去查了树木图鉴、本草纲目,还有佛经,原来"无患子科"中的果实有翅果、蒴果、坚果或浆果,台湾栾树也是无患子科。

印度自古以来就用此树的种籽制为念珠,贯无患子一百零八颗，常携带念佛，能灭烦恼和业报的障碍，为此还写了一部《木槵子经》。我国初唐之时，就以无患子制成念珠。

《本草纲目》列有"无患子条"，共有七种别名：桓、木患子、噤娄、肥珠子、油珠子、菩提子、鬼见愁。

我曾有过一串无患子的念珠，也用那念珠念了无数的阿弥陀佛，但我竟然完全不知那纯黑坚硬的种籽的蒴果，就是我常在惦记的"沙文籽"。如今它们之间总算联结，而我的某些心谜也解开了。

创作之谜也是人生之谜，我们一边写作、一边过生活，与寻常生活不同的是，创作的人不断地在寻觅，在回忆与生活之间寻觅一闪一闪的灵光。那些灵光仿如埋藏于落叶中的秋锦，与昔日的钟声一起隐埋，或与昔年的萤火虫一起居住，在某一个心灵融雪之日，哗然醒来，我们便觉得此心的归处与创作的归处。

  正如一粒深种在记忆中的无患子。
  蒴果用来洗涤一切蒙尘的，
  身心变成明净；
  种子用以灭除忧患，
  抵达更远更清凉的彼岸。

无法维持的彩虹

> 持续一刻钟的彩虹，
> 人们就不再去看它。
>
> ——歌　德

罗兰夫人(Madame Roland)站在断头台上。

她面无惧色地向执行死刑的官吏要求："请给我一支笔、一张纸。"

她的要求被拒绝了。

在人生最后的旅途，她想写下浮现她脑海的诗句，连这样微弱的请求也不可得。因此她忍不住大叫：

"自由呀！多少的罪恶，是假借你的名而行呀！"

读到法国大革命的这段历程，使我掩卷叹息，生命不管处在什么样的情境，总需要纸和笔，即使在断头台上也会有诗情诗意，"引刀逞一快，不负少年头"！

所以,歌德感到可惜,他说:"罗兰夫人在结束很不可想象的生命时,会有一些思绪出现于安静的心灵中,像是可喜的内在声音,美妙地停栖在过去时光的尖峰上。"

如果画面转换,我们看见一条清澈的小溪,流过溪谷,溪边有一株横长的芦苇,一只美丽的紫蜻蜓,不知从溪山的什么角落飞来,翩翩地降落在芦苇的最尖端。当时若有摄影机,一定会立刻留下美丽的影像;若有纸笔也好,可以写下刹那的情景。

因为,思绪的蜻蜓是不会久留的,它像来的时候一样翩然飞去。

"像是可喜的内在声音,美妙地停栖在过去时光的尖峰上。"

灵感的来去就像这样,我们如果能一直保持思绪,有安静的心灵、有可喜的内在声音,保持在尖峰,灵感与哲思、诗情和画意,随时、随地都在。

诗人、作家、艺术家都是非常奇特的人,吸引我们深入灵性的奥美、生命的蛮荒的要素,不是世俗可见的声名,而是渴切去探索那更尖峰、更往上、更自由的境界。

我每次在山谷里看见彩虹,总会停下脚步,细细观看,一直仰望到彩虹淡去、散去、化去、飞去。

因为我深深知道彩虹的短暂,这也使我深深体会彩虹

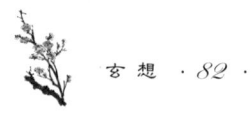

的美!

　　彩虹使我们亮眼,乃是彩虹不会停留超过一刻钟。它迫使我们放下一切来仰望它,否则,它就会无情地放下我们。灵感的飞临也像雨后的彩虹,它不会停留一刻钟,如果不立刻留下它,它很快的就拂袖飞去。

　　灵感不是黄色土地上的黑曼巴蛇,那么刺目;它也不是霸气的眼镜王蛇,那么彰显;它像是荆棘丛里的响尾蛇,与环境浑然合一,有着完美的保护色,一般人要靠得很近很近,才能听见它尾部的响环。蛇类专家却因为细心,了解响尾蛇的习性,不必等到尾巴摇响,就能找到它的所在,并捉住它的七寸。

　　创作者比一般人更有灵感,不是他住的地方有更多灵感的响尾蛇栖息,而是他细心,了解灵感的习性,不会让灵感轻易地爬回荆棘丛中。

　　他和一般人一样生活,也许吃同样的早餐,喝同样品质的咖啡;也许有类似情节的恋爱,与同样悲戚的伤心往事……不同的是,他捉住那偶然形成的彩虹,他发现与栖息地难以分辨的蛇,他看见停在最尖端的那只蜻蜓。

　　我喜欢的法国诗人夏尔(René Char)写过一首短诗《日子为何飞逝》,有这样的句子:

  诗人在一生当中，只要情况许可，会短暂依恋某些树啦，海啦，山坡啦，或某种彩雪啦。

  他的爱情、他的魅力、他的幸福，具有等价之物，在所有他从未到过、他永远不会去的地方，他不会遇到的陌生人那里。

  黄昏时，虽然像学徒一样浮起笑靥，他却是文质彬彬的路客，决然告别，当面包出炉时。

总有一些无价的东西，在我们没有到过、永远不会去、不会遇到的人那里，这是创作者不断探索、不断写作的理由。或许，一辈子也到不了；或许，一生也遇不到；但因为我们见过彩虹，我们就有理由相信，将会看见更美的彩虹。

  当然，在追寻彩虹的日子，我们也不会忘记每天面包出炉的时间。

  鸟的歌声使早晨的树枝感到意外。

  第一道光线在苦闷的诅咒和壮丽的爱之间踌躇。

  对你的苛责毫不在意的人，你要心存感激，你和他不相上下。

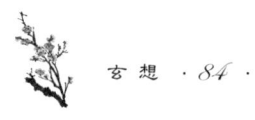

只要对爱卑屈。如果你死了,你仍然有爱。
如果我们活在闪电的光耀里,那就是永恒的心。

夏尔如是说。

在黄昏散步时,想到罗兰夫人,觉得当一个作家多么幸福,我的口袋里总带着纸和笔,洁白的纸,五彩的笔。

(以上夏尔诗句引用李魁贤译的《夏尔诗选》)

辛酸的或趣味的

我要奉劝
勤于写作的人，
仰望而不要俯视，
瞻前而不要窥后，
向远处看而不要近视。
告诉天下人
灾难里充满大好时机，
千万不要
把大好时机写成遍地灾难。
这好比两人夜行，
一人只见到处泥淖，
一人则见满天星斗。

—— 耶勒鲁普

我刚开始写作时，家里连一个安静写作的空间都没有，更

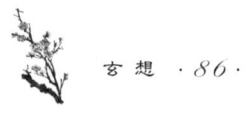

不用说书房了。

我灵机一动,把自己关在俗称"公妈厅"的祭拜祖先的厅堂里,搬一张圆凳,在供桌上写文章,那是家里最安静的处所,除了早晚烧香,没有人会进来。

只有妈妈知道我的去处,一开始她并不是很赞成我在供桌上写作,怕我亵渎了神明,后来她想通了:"只要是写好人好事,不要胡说八道,神明也会欢喜,祖先也会保佑才对!"

有时候读书写作是无日无夜的工作,妈妈忙着家事的空当,会倒杯茶水,或切点水果来鼓励我。

妈妈推门进来,总会拍着我的肩,习惯性地说:"写这么久都不休息,是在写辛酸的或是趣味的。"

我总是回答妈妈:"写一点辛酸的,也写一点趣味的。"

妈妈说:"趣味的多写一点,和大家分享;辛酸的少说一些,生活已经够苦了。"

然后,妈妈会看着我,等我把她准备的水果吃完,才放心地离开。

妈妈过世已经有一段时间了,我也离开故乡很久了,有自己的书房。有时候在书房工作,恍然之间,好像自己正坐在祖厅的供桌边,妈妈推门进来:"是在写辛酸的?还是写趣味的?"

那原是妈妈的口头禅,爸爸种了整年的玫瑰花没有收成,她会说:"你是在种辛酸的?还是种趣味的?"弟弟在工厂打工压破了手掌,工钱没有领到,她会说:"你是在做辛酸的?还是做趣味的?"听惯了以后,不觉得有什么意义,因此常常忽略妈妈的人生观:"趣味的多做一些,辛酸的少做一些。"

现在回想起来,妈妈的口头禅中有深意,写作的人,无非是写生活中辛酸或趣味的事,而人生,也无非是辛酸与趣味的组合。

每当想到母亲的身影,我总希望我的写作和我的人生,多一些趣味,少一点辛酸。

趣味的,白天和大家分享。

辛酸的,午夜时,独自细细地品尝。

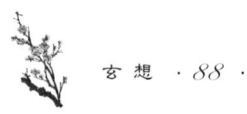

窗前的一棵树

> 一个人诗歌读得越多,
> 越不能容忍任何形式的冗长累赘。
> 一篇文章的良好风格,
> 总是以精确、节奏快
> 和诗歌般的简洁为基础。
>
> —— 布罗茨基

在乡下写作的时候,靠墙角的地方有一个大垃圾桶,那是因为经常有写坏的稿纸,有的只写了三五行,有的只写了三五字,随手一撕、一揉、一扔,就一团团地进了垃圾桶。

到后来,扔弃稿纸几乎百发百中,而每隔两三天,垃圾桶就满了。

有一天,文章写累了,我靠在床头沉沉睡去,醒来时,看到丢在垃圾桶的稿子回到了桌上,不仅整整齐齐,而且全用熨斗烫平了。我正在迷惑的时候,母亲听到我起床的声音,端了豆浆和小笼包进来。

尚未等我询问，母亲和蔼地说："我今天一大早帮你把垃圾桶的稿纸整理了一下，全用熨斗烫过了。"

"妈！那些都是写坏的、不要的稿子！"

母亲说："我看那些稿纸有的才写几个字，就被揉掉了，大部分都是空白的，非常可惜！那空白的地方还可以再写。"

"文章开头写坏，就接不下去了。"我说。

母亲正色地说："那么你开头就不要写坏，想清楚了再写。不然，你一辈子要浪费多少纸张呢？"

"妈！稿纸很便宜的。"

母亲抬头望向窗外，对我说："你看看窗前的那一棵树，你知道所有的纸都是树木做成的吗？你每天写坏的纸，可能就是砍死一棵树做成的。你如果没有把文章写好，树就白白牺牲了。"

听到母亲的说法，使我心头一震，房间里仿佛被一股巨大的力量所震慑了。

"所以，妈妈希望你的文章，都是经过思考才动笔，不要牺牲了树木。"母亲说："妈妈也希望你写的文章有比树木更高的价值，否则，你的书那么畅销，每写一本，就要砍掉一座森林啊！"

从那一次之后，我写作的心情变得敬谨，总是深思熟虑才

动笔,也从不把写坏的稿纸丢弃,不!是很少有写坏的稿纸了。而且,我的文章也变得简短了,五百字可以完成的文章,绝不写成一千字,这竟逐渐形成了我的创作风格。不久前,我到太原的山西大学演讲,一个学生突然问我:林先生的文章为什么都那么短?

在讲台上,我突然忆起在多年前的某一个清晨,母亲叫我看窗外之树的情景,随口说了出来,一边说一边好像我还站在老家的书房,看着那棵迎风摇曳的树。母亲的话像刻在树上的格言,使我的眼睛忍不住湿了。

我现在的书房,窗外不止一棵树,而是一片树林,是一座山连着一座山,每次抬头望向窗外,我就想着:我写的文章有比树木更高的价值吗?为了印制我的书而牺牲的树木,是不是能无怨呢?

这个世界上的一切好文章,都是人心灵上的花树,是为了与窗外的绿树呼应而存在的。作家是在心灵种植森林的人,但作家的书却也在砍伐窗外的森林,两者同是人类身心的归宿。

到底,哪一片森林才是更价值的呢?

从母亲眼中看见的一棵树里,我时常思维:作为一个写作者,应该更珍视自己写的每一个字呀!

若有细腻的情,一片茶叶,
也能润灵台、破孤闷、与我们最微细的心思相会同行。

最初的旅行

> 我心绪不宁,
> 我渴望着遥远的事物,
> 我的灵魂在极想中走出,
> 要去摸触幽暗的远处的边缘。
>
> —— 泰戈尔

从乡下老家的窗口看出去,有两棵美丽的植物,左边是波罗蜜,右边是旅人蕉。

波罗蜜树枝干遒劲苍老,圆叶扶疏,像一个背着人生重负的老人。特别是到了夏天,树干上挂着巨大的波罗蜜果,最小的有五六公斤,最大的长到二十公斤,那些像是老人身上的包袱,天天在那里不动的波罗蜜呀!再大的风也不能令它摇曳。

垂直面对波罗蜜的旅人蕉是完全不同的风情,它的姿势轻盈,树干仿佛一把张开的巨大扇面,只要有一丝丝微风,它就

会快乐地跳舞,它像是一个随时准备在草原奔跑的孩子,偶尔回头对我大叫:"我要出门去远行了。"

我坐在窗前,一边温书一边遐想,到底是做波罗蜜安静地结满果实好呢?还是像旅人蕉什么花也不开、也不结果,整天保持旅人的姿势好呢?或者也有一种可能,既结满了果实,又是个旅人呢?

后来我认识了我们山谷里的一些植物,像木棉、百合、凤仙花、蒲公英。

木棉是旷野中神奇的植物,春天盛放时就像一束供养天地的巨大花朵,然后结果满枝,选择春风最强的时候爆开;拖着像马尾的棉花种子,会随风的浮力飞越几个山头,在遥远的地方生长和开花。

百合花与蒲公英也是这样,常常把自己准备好,提着行囊,站在枝头,等待搭乘风的不定时班机。

只有凤仙花是不乘飞机的,它靠着果实弹开的力量,把种子射出去,弹到哪里,就在那里开花。由于种子的数量多,甚至会包覆了整座山,有的甚至开在树干上、石头上。春天的山林,当凤仙花盛开的时候,红的、紫的、白的、橘的花朵,一片繁华、一片喧哗、一片一片的欢声雷动。

我童年的时候,天天在山间小路散步,有时摆出旅人蕉匆

匆的步履,有时学着凤仙花的弹跳,最喜欢的是,展开双手、闭着眼睛,感受风的吹抚,想象自己是木棉或蒲公英的种子,飞过溪涧、穿越山岭,然后在一个秀美的陌生的土地扎根、生长、开花、结果。

想象中的旅行,使我的童年虽然贫苦,却是有趣而美好。从小学时代,我就经常做实际的旅行了,我常沿着河岸步行,来到下游或上游的村镇;或者沿着铁轨,穿过蕉园与蔗田,走向不知名的地方。沿着河岸与铁轨,使我确信自己不会迷路,也确知在两旁一定会有人家。当时的民风淳朴可亲,即使是儿童独自在山野行走,也是安全的。

我在溪边找到一个山洞,把沿路捡到的漂亮的石头、美丽的树根、奇特的坚果收藏在里面,一有空就跑去山洞,在洞里整个世界霎时就安静了,时空立刻就悠然了。那像是侠客闭门练剑之处,也像是道士的洞天仙府,更像是禅师闭关求悟的地方。

坐在洞口,看楠梓仙溪的溪水潺潺,飘着美丽的落花,也飘着死去的猪仔;飘着动人的山影,也飘着枯干的鸟尸。那样静静地观看,使我知道,人不是向外奔走才是旅行,静静坐着思维也是旅行,凡是探索、追寻、触及那些不可知的情境,不论是风土的,或是心灵的,都是一种旅行。

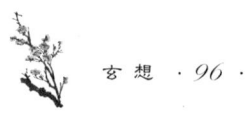

许多许多年后,我曾经回去看童年的山洞,也回去探望那棵波罗蜜和旅人蕉。我的山洞因为河沙开采,早已铲平了;波罗蜜和旅人蕉,也由于乏人照料,早就枯萎了,仅剩下干枯的树头。

站在楠梓仙溪看流水,不知道为什么,突然明了一件从前想不通的事,大诗人李白在青年时代,离开故乡四川江油,四海漫游,一生再也没有回去过,所以写出许多美丽动人的怀乡诗,许多时候,故乡是不能回顾的!许多时候,心灵的事物才能永存!

李白在十几岁时,住在戴天山,曾写过一首诗:

> 犬吠水声中,桃花带露浓。
> 树深时见鹿,溪午不闻钟。
> 野竹分青霭,飞泉挂碧峰。
> 无人知所去,愁倚两三松。

当时,李白住在戴天山的大明寺里读书,也有自己内心的"秘密基地"的感叹。我站在楠梓仙溪边,看到溪水因上游阻塞,变成一条臭水沟,里面飘浮着垃圾、屎尿、塑料袋,心头百感交集,感觉一切都在流动和旅行。旅人蕉在旅行,风和种

子在旅行，河水在旅行，甚至人的一生都是旅行，没有终极，只是一个过程接着一个过程，通往不可知的所在。呀！真正的旅行者，不是在走向一个固定的目的，而是在每一个过程中学习，在每一个变化中觉察，在每一个流动中生起智慧。

沿着记忆中的小路前行，我展开双手，闭着双眼，让秋天寒凉的风吹抚，我还会继续前行，穿过波罗蜜的圆叶，去看广大的世界；我还会继续静观，在小小的山洞里，探触更深刻的内在。

感觉风已经穿过我，飞过了群山，我写了一首短诗：

　　动中活力旺，静里日月长。
　　一苇入百川，如风过群山。

我想，"动静一如"才是旅行者最好的境界吧！

春天的红耐冬

> 鹏起天池风九万,
> 龙游艺苑字三千。
>
> —— 蒲松龄

崂山的道士告诉我,我坐的地方是从前蒲松龄坐过的位子。

这是太清宫前的一个小亭,背着宫殿,远望是蒙蒙的山景,左侧是院子,院子里种了几株参天的巨木,是从汉朝就植在这里的。

右侧是一堵长长的白墙,墙面斑驳,攀着一些不知名的植物。

"从前蒲松龄住在崂山的时候,就常坐在这个凉亭沉思,有时一坐就是一整天。林老师,你看,右侧这一堵墙就是《聊斋》里那个道士穿墙而过的那堵墙呀!"

我想到蒲松龄住在崂山的时代是一六七二年,已经有三百多年的时间了,但那墙、那亭、那亭中的石椅都仿佛还留下余温。

蒲松龄在崂山写了不少诗文和故事,其中最著名的诗是看了崂山海市所写的诗《崂山观海市》,最著名的故事是《崂山道士》和《香玉》。

《崂山道士》是《聊斋志异》的首篇,最为人熟知。话说有一位王姓世家子弟从小就爱道术,听说崂山有许多仙人,就到崂山上拜师。

> 登一顶,有观宇,甚幽。一道士坐蒲团上,素发垂领,而神观爽迈,叩而与语,理甚玄妙。请师之。

老道士说:"看你这么娇气懒惰的样子,恐怕无法吃苦!"

王生说什么苦都能吃,道士就叫他砍柴,才一个多月就吃不了苦。

王生心里生起回家的念头,有一天,砍柴回到寺庙,看到师父正与两个朋友饮酒,天已经黑了,却还没有点灯,老道士剪了一张圆纸贴在墙上,一会儿,纸成为一轮满月,光芒照满全室。

老道士取酒壶来,怎么倒也不倒不完(往复挹注,竟不少减)。

又丢一根筷子到月亮里,从月光中飘出一个美人,又唱歌又跳舞。

不久,三人一起飘入月中,在墙上的明月里饮酒(坐月中饮,须眉毕见,如影之在镜中)。

王生看到师父这么厉害,想回家的念头就打消了。但是又过了一个月,苦不能忍,于是去向师父辞别,恳请师父教一道小法术。

"你想求什么法术?"

"我常看见师父不论走到哪里,墙壁都挡不住,只要师父传授我穿墙术,我就心满意足了。"

老道笑着答应了,教给王生一些口诀,叫他念诵,然后穿墙而入,王生果然穿墙而过。

回到家里,王生高兴地告诉妻子,自己遇到仙人,学会穿墙术,妻子不信,他一边念着口诀,一边低头往墙上冲去,结果撞倒在地,额头上隆起一个大包。

我沿着那堵白墙行走,想起一个不肯吃苦而心中梦想法术的书生形象。蒲松龄自己也没有法术,才会一辈子仕途不顺,过着清贫的生活,但他的想象力与创造力早就穿越最坚硬的墙壁,何止是穿墙术,他还穿越了时间,三百年来,从来没有一个读书人未读过《聊斋》的;他也穿越了空间,聊斋被译成数十国的文字,被誉为"中国短篇故事之王"。

沿白墙往回走,走到太清宫前的广场,有一棵巨大的红色山茶花,高有七米多,干围有一百七十八厘米,直径有六十厘米。

这棵罕见的山茶花已经有七百多岁了,开起花来真是红火燎原,同时有上万朵的山茶盛放,春风一吹,红瓣如雨。

许多人点了香来拜这棵山茶,还有合十恭立久久不动的人,传说这山茶花有灵性,能使恋爱中的男女因缘美满,结了婚的夫妻幸福快乐。

崂山茶花也有一则动人的传奇,曾被蒲松龄写成《香玉》,在崂山的故事里,我喜欢《香玉》还胜过《崂山道士》。

胶州有一位姓黄的书生到太清宫中读书,偶然间遇到一位白衣女子,名叫香玉,两人一见钟情,两情相悦。不久之后,太清宫一株白牡丹被即墨的权贵蓝氏挖走,香玉竟然死了,这时,黄生才知道香玉是白牡丹变的花妖。

香玉的好友绛雪,常常陪黄生一起悼念香玉,陪他度过痛苦的时光。绛雪原是红山茶的花妖,他们深刻的友情和黄生对香玉的深情终于感动花神,香玉被特许重降宫中。

但是香玉只存花形,魂魄已散,为了使香玉复活,黄生

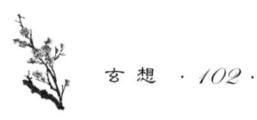

每天用爱心细心地呵护,一年后,香玉恢复原貌,有情人终成眷属。

人与花能成良缘,爱情是完全没有界限的!

花与花为良伴,人与花成良友,友谊也是没有界限的!

蒲松龄最后说:

> 黄生死后,寄魂于花,生于白牡丹左侧,后为无知的小道士砍去。白牡丹亦憔悴死,无奈,耐冬亦死。

耐冬,是山东人对山茶花的称呼,因为它从十一月开到三月,穿越了白雪与春风,所以叫"耐冬",也有叫"曼陀罗"的,开花千万的一棵山茶,其庄严伟大,实在就是一座坛城了。

崂山的院子里确有与人同高的白牡丹,种在上清宫。蒲松龄把它在小说中移植到太清宫,为了小说的情境,他还把白牡丹,以及至今还活得好好的"绛雪"赐死,那见证了美好爱情的山茶,当最要好的朋友——一人一花——死了,也不再独活。

小说与现实,是如此相错相应的。

我走到山茶花下,看到花下立有一碑,上书"此耐冬——山茶,即清蒲松龄《聊斋志异》中《香玉》篇之绛雪"。

绛雪是小说里的女配角,但我们对这一位性情磊落(性殊落落)、个性秀奇、有君子胸怀的花仙子，留下了深刻的印象。蒲松龄是很会选角的，试想，如果书生和昂藏数丈的茶花谈恋爱，却与娇柔的牡丹谈心为友，小说就会为之失色。

重义、多情、美丽的绛雪呀！正是山茶的化身，它不与小花、小草争奇斗艳，而是映日争霞，与天地精神往来；它也不畏冬风寒雪，而是雪中映红，风里点金。

"料应厌作人间语，爱听秋坟鬼唱诗"的蒲松龄，他就像宫殿前的一棵茶花，不能在功名里与俗花争艳，却站在更高的地方笑看人生。他成为一位伟大的文学家，留下五百篇短篇小说《聊斋志异》，五百篇文集，诗一千二百首，词一百多首，杂著五种，戏曲三种，俚曲十六种，传说另一重要小说《醒世姻缘》也是他的作品。

文学家是孤独的，蒲松龄的一生贫困到没有能力离开山东淄川老家，只短暂地到过江苏、济南、崂山。一直到七十岁都在大户人家当私塾先生，除了教书，就是读书写作，几乎与人没有往来，当代的人没有人能了解他。

文学家也是不孤独的，他的孤愤、他的思想、他的故事与他的人生都影响了千千万万的人。他的小说不断地被改编成电影、电视流传后世，在中国，甚至为他的一生制作过一部阵容浩大的连续剧。

我走到太清宫前,轻轻地触摸那棵高大的红耐冬,蒲松龄笔下的绛雪还活得生气淋漓,这使我感到庆幸。我想,三百多年,这万花飞舞的耐冬树,应也是如此繁茂的吧!

蒲松龄就像这红茶花树,站在众花之上,他一生与仕途无缘,因而有心思与时间写下《聊斋志异》。与他同时代的状元、榜眼、探花、进士……写过的无数策论与奏折,早被时空淹没,就像小花、小草的凋零一样,唯独《聊斋》经严冬、历百年,还是像最初的山茶,朵朵璀璨、蕊蕊晶莹!

春天的红耐冬是这样的美!

那美,只能触动我们的心,对实际的生活并无实益,文学不也是这样吗?它不能喂饱人的肠胃,也不能使人攀权附贵,却能使我们的心翠绿晶明,只要有文学的心,就能证明我们还活着,如香玉与绛雪,在历经红尘劫波时,还像清风抚面;并且在任何一刻,只要愿意,我们都能穿墙而去,笑看人间。

孔雀的独舞

紫蓝孔雀在草原独舞,
舞出美与神秘;
金黄夜莺在树梢清唱,
唱成满天星光。

仙台青叶城边有一座险峻的断崖,我站在断崖上,身边是诗人土井晚翠雕像,诗人略显消瘦,一脸的忧郁。

诗人的左侧是一株山樱,含着粉红的花苞,在寒风中等待盛放。

围绕山樱的是高达数丈的老松,苍劲雄伟,应该有数百岁的年纪了。

松树下是昨夜寒流留下的一片薄霜,老松正在落果,果实落在薄薄的霜上,啪哒有声,霜上遂浮出细细的纹路,仿佛冰裂的瓷烧。松果极美极雅,像是小型的佛塔,突从天上飘来。

处处都落着松果,唯一不着果的,是一块斜依诗人身畔的

光滑铜碑,上面用诗人的手迹写成的《荒城之月》,呀!多么流畅美丽的行书!

危楼设宴赏樱花,
传杯劝盏月影斜;
千载松枝难遮住,
昔日清辉照谁家?

军营秋夜遍霜华,
飞鸿过眼晰可查;
城头剑丛泛光影,
昔日清辉照谁家?

此刻荒城夜半月,
清辉依旧为谁照?
唯余藤蔓绕城垣,
又闻风鼓唱松梢。

天上月影虽未改,
人间世态几更迭;

却照河山犹熠熠，

呜呼夜半荒城月！

　　我轻轻触摸那块铜碑，辨认着大部分由汉字写成的诗句，一座荒城的景象出现在我的脑海：站在荒城山巅上凝望月色的，是我的母亲，甚至还有母亲的声调，唱着《荒城之月》。

　　追寻着母亲的声调，我站在"荒城之月"的诗碑前，哼起《荒城之月》的歌诗，是四十几年前的事了。母亲在院子里的月光下教我吟唱这首歌，当时不明词意，只感到这歌中有无比的悲凉、无限的沧桑。

　　听说这首歌是妈妈小学时代唱的，是一个战云密布的时代，每次唱都会泪流满面。妈妈教我唱的时候，战事已然远去，荒凉的城也远了，但一首动人的诗歌，正如天上的月光照着人间，并不会因战鼓已歇而流失光芒。

　　诗人在吟诵荒城的时候，何尝是在唱眼中的城呢？他唱的是心中的荒凉之城吧！外在的城池，时而繁华，时而荒凉，内心那小小寂寞的城呀！虽也有兴衰起落，却总有一块无欢的幽州台，前不见古人，后不见来者，念天地之悠悠，独怆然而涕下！在最深最深的地方，这是诗人的大寂寞，也是诗人的荒城。

土井晚翠在吟唱剑丛林立的青叶城时,万万想不到,如今的青叶城是一片繁华;就像我在学唱《荒城之月》的时候,也难以思议,四十年后会飞越千里,来瞻仰诗人的容颜,并走进了诗中的情境,在千载松枝之下、在诗人倚坐的樱树之侧,仰观一百年前与诗人同看的一轮明月。

也许在我内心那小小的城中,曾经梦想过有一天能站在断崖边赏月、观城,只是无法确知,会发生在什么时代。能确知的是,为了这样的梦,纵使天寒欲雪,我也可以在松林樱树中坐一整夜。

我在山顶上踱步,看到与诗人的铜像相隔不到二十米,有一尊骑马的武士铜像,是统治了仙台两百七十年的藩主伊达正宗。我站立在两座铜像之间,忍不住想道:那孤独吟唱的诗人与这雄霸一时的城主,谁会在时空中流传得更久远呢?谁能统领更广大的心灵呢?

我相信是诗与诗人,而不是城与城主。

当我说起唐朝,我看见的是李白、杜甫的时代,不是玄宗、睿宗、肃宗、代宗;当我说起宋朝,我看见的是苏东坡、辛弃疾的时代,不会看见仁宗、英宗、神宗、哲宗。

当我想到黄鹤楼,我想到的是崔颢,而不是楼主;当我想到岳阳楼,我想到的是范仲淹,而不是建楼的人。

自号"祖""宗"的统治者,最后不知所止、不知所终。吟风诵月的诗人,正如风月过处,处处都是风情与月光。

风月是没有时空限制的。

我看着土井晚翠消瘦的面容,想起他在写《荒城之月》时,不会想到一百年后还感动千里外的人。人间的世态会更迭,河山界城会限制,那触碰到普遍心灵的诗歌却能跨越更迭与限制。

诗人、文学家、艺术家在某一个时刻、某一种情境,自然地涌出一种超越现实与时空的感性,这种感性到极精粹时,是无为的、无私的、无分别的,正如风的吹抚、月的临照。

现实的人总爱询问:那么辛苦的创作,意欲何为?诗人、文学家、艺术家是为了什么,总有个目的吧?

然后,他们就妄加测度:一定是像我一样,是为了这个,或者为了那个。

要让世俗的人了解创作心灵,就像让他们了解雄孔雀为何跳舞那么艰难。

生物学家看见雄孔雀开屏,被那罕见的美震慑,他不去欣赏那美,而是想到:凡是动物行为总有个目的,雄孔雀乃动物,不会无缘无故开屏。于是,花了许多力气研究,许多人得了博士学位,共同下了结论:"雄孔雀是为了求偶而开屏!"

所有没有博士学位的人因此深信"雄孔雀是为了求偶而开

屏",他们看到雄孔雀开屏,再也不会感受神秘与美,他们的反应是:"雄孔雀在求偶!"

研究完了雄孔雀,同一批博士或博士的学生去研究黄莺,他们认为黄莺在树梢歌唱总有目的,许多人又得了博士学位,共同下了结论:"黄莺是为了求偶而歌唱!"

从此,许多人听到黄莺在枝头唱歌,再也听不见优美婉转,而是听见了:"它们在求偶!"

一代一代下来,难得做一个好梦,心理学家说:"这是欲望的象征!"如果做了噩梦,他们说:"这是欲求不满的结果!"

会不会有一天,看到一朵花开,我们的反应是:"这朵花寂寞难耐"呢?

我相信,我们的内心深处,一定有一些超越现实的部分,无为、无私、无分别,雄孔雀与公黄莺亦然。细腻一些,就会发现雄孔雀喜欢独自开屏跳舞,公黄莺只是喜欢唱歌,它们只是想唱歌跳舞,心里自有神秘与美的国度。

只要我们热爱神秘与美的国度,我们就不得不超越现实与世俗,我们的内心会有火,点燃光芒与热情;我们的思想会有水,传导清凉与透彻。在某些水火激荡的情境,我们感到神秘与美,像雄孔雀跳起舞来;我们不自觉地写下诗歌,像公黄莺在枝头吟唱。

在生命更深邃处,我们渴望成为诗人,而不渴望成为城主,我们只是不断地寻觅,不愿有所占领。

不占领的人最后独领了风骚,占领的人只留下一尊铜像。

站在凝雪的山顶,我礼敬了松,礼敬了樱,礼敬了荒城之月,礼敬了遥远的日本诗人,这礼敬不是为了诗碑,而是为了诗情;不是为了铜像,而是为了心象。

光亮淡淡夜犹浅,天海深深不可知,虽然人间的沧海变幻,在仰头望天的时候,就会看见,月光或星光,千百年依然光辉宛然。千百年呀!人的心灵可能寂寥暗淡,唯有诗情与心象,在洒泪的露珠中闪烁微光。

在天上,我们看见星星。

在人间,我们看见花朵。

我想起土井晚翠的一首短诗《星与花》:

  天上如花的明星,
  人间如星的花卉。
  虽然彼此相隔遥远,
  星与花却是同一香色,
  星星的光华像花卉的微笑,

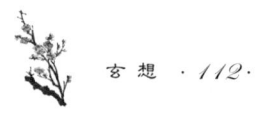

夜夜亲密交辉。

一旦晓空泛起白云，
天上的星花开始凋谢；
那掉下的滴滴白露，
顷刻化为人间花星的
颗颗泪珠。

花朵会在秋光秋色中飘落，星星会在朝日朝霞中隐没，只要我们看见那神秘与美，它们就会活着，超越生与死、超越显露或隐没。诗人文学家给我们的珍贵赠予，就是他们的超越。

他们还活着，还在无限宽广中吟唱独舞。

他们与星星与花卉一起活着。

他们与月色与虹彩一起活着。

他们与火同在，仍在燃烧，星星点点，光焰四照。

他们与水同在，仍在洗涤，滴滴凉凉，流向八方。

在神秘与美的国度，他们与天地同在。

我唱着《荒城之月》，离开仙台的山顶，对着樱花树影中的铜像合十，我说：

"诗人，晚安！"

坚持之味

真正的旅行，
不在寻找新的景观，
而在具备新的眼睛；
真正的探索，
不在创造更多的机会，
而在触及更深的心灵。

——歌　德

端午节在漳州，朋友带我们去参观闻名世界的"土楼"。

土楼隐没在深山里，楼高三层，或圆或方，每一座土楼都住了几个家族，听说许多台湾早期的移民都是从土楼出发的。土楼的造型非常奇特，从高处看，就仿佛隐藏在森林中的外星人飞碟，因此，听说早期的美军侦察机飞过土楼，以为福建的森林中有许多秘密的基地。

在土楼遇到的人都纯朴亲切，家家户户门口都挂着粽子，

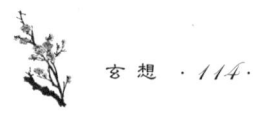

知道我们是台湾来的,纷纷剪下粽子与我们分享。

我坐在土楼中间水井边,解开粽子,咬了一口,大吃一惊,接下来的每一口,都令我心惊!

那粽子每一口都让我想起母亲包的粽子,我们在台湾南部包的粽子,用的是粽叶(许多别的地方是用竹叶)、白糯米(许多别的地方是用炒过的米)、瘦赤肉(许多别的地方用五花肉)、咸鸭蛋黄和白煮花生,最特别的是我们用水煮粽子,许多别的地方粽子是用蒸的。

自从母亲过世之后,我已经没有吃过这种故乡的粽子,没想到远在千里外的漳州土楼吃到。我知道自己的祖先是漳州人,但是,我的祖先是不是也来自土楼呢?我看着水井中自己惊讶的脸孔。

妻子问我:"怎么了?"

"这粽子的味道,竟然和妈妈包的粽子一模一样!"

真是太骇人了!假设我的祖先来自漳州,时间已相隔三百年,空间也阻断千万里,许多事物已经完全变化,但粽子的滋味,竟一代一代地传下来,未曾走味。

那种骇人的感觉,使我忆起童年的某一次端午节,父亲带我从旗山到六龟,路过美浓,爸爸带我去买两个粽子,是竹叶包裹、炒过的糯米、包五花肉、红葱头、蒸熟的,从旗山到美浓，坐车只要十分钟，粽子的味道已经完完全全不同了。不只是粽子，一切的吃食都是如此，美浓也有美浓的坚持之味呀！

本来，我以为土楼是充满艺术性、创造力的福建民居，是客家人艰辛生活的印记。自从在井边吃了那一个粽子，土楼就不再是那么简单了。也许，在几百年前，我有一些祖辈曾坐在土楼井边吃着味道一模一样的粽子。也许，就在此刻，有一些基因与我相同的宗亲，坐在某一个土井边在吃着粽子。

令我惊奇的不只是粽子，在漳州的夜晚，有一次，"晓风书屋"的几个朋友请我吃消夜，点了一些寻常小菜，有红糟肉、粉香肠、虱目鱼肠、白切肉，还有鱼丸汤，每一道小菜都使我的舌头惊呼连连，那滋味和我在南台湾故乡的味道丝毫无别，三百年前的味道，在时光中一瞬凝结，三百年后突然解冻苏醒了。

一代一代坚持着古法，才能完全一样呀！当然我们可以故意遗忘历史和地理的某些纠缠，但红糟肉与粉香肠是不会骗人的。

特别使我感怀的是虱目鱼肠，是我的父母亲最爱的食物之一，把虱目鱼的内脏洗净，煎到酥黄，加一些冰糖与酱油膏，是极有风味的吃食，我一直以为这是我们家里的"秘密食谱"，

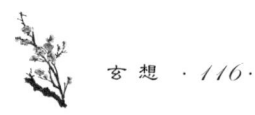

因为在别的地方未曾吃过,一直到了漳州的夏日夜晚,仿佛母亲还在世一般,亲手煎煮了虱目鱼肠。原来,只是一碟小小的鱼肠,也是从漳州过海的,虽然母亲极有巧思,我想,虱目鱼肠的吃法也是一代一代传下来的。

有一些事物是时空无法阻隔的,还有一些事物,想要有意接续都做不到。

一天,漳州市的副市长请我们吃饭,他对我们说了一件真实的事。

他原任东山乡长,有一次到台湾考察农业,到了屏东枋寮、林边一带,吃了"黑珍珠莲雾",认为是世界上最好吃的水果,他初步研究了福建东山的水土和气候,与屏东相同,就决心把黑珍珠带回福建试种。

东山乡辟出了一块最像屏东的四百多公顷土地,延聘了台湾的专家,开始"黑珍珠计划",辛苦了两年,总算长出第一批黑珍珠。

副市长说:"那莲雾外表和屏东的一模一样,我吃了一口,就咽不下去,味道又酸又涩,完全不同!经过七八年了,我们一直在研究、在改良,但就是找不出原因,为什么东山的黑珍珠,就不能像屏东的那么好吃!"

虽然是来自屏东黑珍珠的母株,味道却完全不同,唯一相同的据说是产量。"每年那些东山的莲雾结果的时候,落了满园满地的莲雾,没有人要吃!我教人采收带到外乡去卖,他们说:我们自己都不吃了,还卖给谁呢?"副市长幽默地说。

我对副市长说:"如果黑珍珠那么容易种出来,那我们屏东的人吃什么呢?不过,以你们的努力和研究精神,总有一天会种出黑珍珠的!"

人生的许多事,有一些靠坚持、有一些靠机运、有一些要随缘,文化的分合与变貌不也是如此吗?

最近,看到台湾地区教育部门为了鼓励孩子学乡土语言,编了一些台湾方言教本,创造了一些"新字新词"来教台湾方言,结果,那些教育部门的官员们和民意代表都没有一个人会读,弄得笑话百出。在此之前,也有一些文学界的朋友,创作一些"台湾方言文学",用了许多新字新词,写的人当然觉得过瘾,可是连熟悉台湾方言的人读一首台湾方言诗,都会急得上三次厕所,不知道这种创作的意义何在?

再仔细想想,如果每一个地方的作家,因为乡土的缘故,都用家乡的方言自创文字,陶渊明用江西话,王维用山西话,李白用四川话,杜甫用湖北话,杜牧用陕西话……不使用正常的中文,他们的诗文与思想也只能自限于一隅,而不会成为令人敬服的大家。

中文,不单是北京人的,也不单是四川人或广东人或任何一个地方的人的,中文,也是台湾人的,也是新疆人或海南岛人的,是所有中国人的;我们说家乡的话,我们也使用"公家的"中文。一篇优美的中文,用四川话、台湾话、广东话都可以读出来,但不需要有"四川字""台湾字"或"广东字"。

我曾在湖南长沙讲学,发现湖南大学的学生有许多根本不会说"普通话",只会说湖南话,我听不懂,学生的问题写在纸上就懂了。我问他们用湖南话读中文系有没有什么问题,学生当场用湖南话背一首唐诗,真是好听极了。

当时,我觉得中文是红糟肉或粉香肠,就是要做成粉红色的,当然,我们也可以把红糟肉染成绿色,粉香肠做成蓝色,问题是,谁敢吃?卖给谁?

为了测试台湾方言的"能耐",我曾出版过三套台湾方言有声书——《老先觉的话》《打开心内的门窗》《走向光明的所在》,不用新字新词,也可以读出优雅的台湾方言。"台湾方言"与"中文"之间并无任何的障碍,台湾方言原来就是唐音,用台湾方言读唐诗,一样优美而充满节奏。如果不用中文,而用"台湾方言演化字",不只是自我设限,简直是自我矮化了。

现在我们要教子弟学台湾方言,如果不用正统的中文,而自创一些奇怪的字词,是陷子弟于不义,不要说美妙的台湾方言学不好，到最后都会"相打电"而"秀逗"了。

在四川重庆，重庆师大的一位教授告诉我，用四川话读李白、苏东坡的诗特别动听，他一直认为四川人的李白和苏东坡是用四川话在写作的。

我说："李白、苏东坡的诗用台湾方言读起来也很好听！"

福建东山乡的黑珍珠莲雾与屏东的黑珍珠，吃起来不同，那是用舌头分辨的。文学有比舌头更广的境界、更深的层次，李白文章里的酒，苏轼文章里的茶，即使只读到了文章，也等于品尝了其中的芬芳。

我们用舌头学说话，就像用舌头品食物，要成为一个知味的人，不能只靠舌头；要成为会表达的人，也不能不靠舌头。唯有普通话、台湾方言都进入中文的表达系统，才是我们子弟的福气呀！

我喜欢吃粽子，虽然我最喜欢、也最习惯母亲包的粽子，我也喜欢吃别地方的粽子，白糯米很好，炒过也很好；粽叶很好，竹叶也很好；瘦肉很好，焖肉也很好；花生很好，栗子也很好……

每一个地方的粽子都不同，但是，屈原、粽子、端午节，粽子都是那样来的，就是有一种坚持的味道！

在美丽的银河上飞驰

前方的路不管有多苦,
只要走的方向正确,
不管多么崎岖不平,
都比站在原地更接近幸福。

—— 宫泽贤治

在花卷温泉乡,正是满月时分,天上的明月像水晶一样,梦幻般投影在层层叠叠的溪谷,溪谷边的松林残存着积雪,连山的峭壁也一片银白。

山顶上流下的瀑布,冻成一匹白布,在月光中映着透明的虹彩。

饭店的露天温泉面对着明月、流瀑、松林与溪谷,蒸腾的热气飞舞在山林间,疑幻是真,溪谷大浴场一片美丽的银色,不知是在人间,还是在银河?

一百年前,宫泽贤治也是坐在这溪谷,看着这美丽的一景吧! 但宫泽贤治难以想象的, 是一百年前贫苦的农村, 现在已成为豪华的观光景点; 他更难想象的是, 在岩手县的花卷温泉乡, 所有的观光饭店都与他有关, 有的是用他的作品命名, 有的摆他的雕塑, 还有的完全以他作品的场景来设计。

我住的志户平温泉饭店, 由几栋大楼联结而成, 全区的构想正是源自于《银河铁道之夜》的场景, 处处充满了童话的、梦幻的色彩。

一楼的大厅里隔成了他描绘的梦幻空间, 还有每天固定时间演出《银河铁道之夜》的剧场。贩卖部里出售着他的传记、作品, 还有全集, 甚至有"宫泽贤治纪念酒""宫泽贤治纪念巧克力""宫泽贤治纪念香皂", 凡是宫泽贤治笔下的人物、动物全部做成玩偶, 还标明是在哪部作品登场。

在我们的印象中, 如果用一个纪念馆来纪念作家, 已经是非常了不起。在岩手这个地区, 竟用所有的饭店来纪念一个作家, 并使他的作品复活, 永远留在读者的生活中。

不远的"莺宿温泉区", 有一家"森之风"饭店, 大厅里就摆了雕塑家结城美荣子以《银河铁道之夜》创作的人物陶塑, 总共一百件。饭店旁兴建了东北海滩巨蛋室内水上乐园, 即以"贤治世界"(Kenji World)命名, 每天有无数的孩子在这里找到欢乐, 并因为宫泽贤治进入了文学之旅。

一百年前的诗人、文学家宫泽贤治得到了崇高的殊荣与纪念,并以他的文学回馈了故乡。在贤治生长的时代,岩手县是日本东北最贫困的所在,现在却由于贤治的声名,成为著名的温泉之乡、观光胜地,光是在这个温泉区里,就可以找到十种不同版本的《宫泽贤治全集》,若是《银河铁道之夜》版本,可能超过百种。贤治只活了短短三十七年(1896-1933),生前的作品大多未曾发表,(在他的传记里记载,他生前唯一领到的稿酬是《爱国妇女》杂志上发表的《漫天飞雪》,稿费总共五元)。他有完美主义的倾向,作品总是一改再改,很多都尚未完成,这种"永远的未完成",使他的作品带着神秘、浪漫、理想的气质。

死后七十年,宫泽贤治的文学价值才受到重视,他的《银河铁道之夜》被收入日本小学教科书,所有的日本孩子都读过他的作品,他那超越时空、充满想象,一心梦想创造一个没有贫穷、充满艺术、幸福安乐家园的文学作品,启发了无数的孩童。

被启发的孩童中最著名的代表人物是动画大师宫崎骏,宫崎骏自称"心里住着一个活泼好动的孩子,这个孩子就是宫泽贤治在内心的投影"。

今年刚得到奥斯卡最佳外语片奖的《神隐少女》,片尾出现了一列神秘的电车,灵感正是来自《银河铁道之夜》那融汇了梦想与现实、诗情与画意的场景。

宫崎骏在他的访谈录《风的归处》里说:

> 我自己不过是持续做着自己喜欢做的事的平凡人,真正伟大的人物应该是宫泽贤治先生。
>
> 我虽然不曾亲眼见过他,但从他写的东西,以及他所经历的事,就可以了解他有多么伟大。身为一个创作者,他表现了丰富的创造力,他创作诗词、歌谣,撰写剧本,研究宗教、天文、地质、化学、工业、数学,甚至自学外语,他在创作的同时,还必须帮忙父亲经营家业,推行农业改良与农民教育的工作。
>
> 我感觉自己也是靠着某种信念来支持我的创作,而宫泽贤治始终是走在我前面引导方向的那个人。

就像宫崎骏一样,童年时,我的妈妈也曾带我搭上银河铁道的列车,在床边读宫泽贤治的童话陪我入睡,那也正是我最早的文学记忆吧!

住在水岸的渔民之子乔班尼,经常跑到山顶的巨大观测轮去仰望星空,梦想星际旅行。有一天靠在气象观测轮上神游,

与最要好的朋友坎培涅拉坐上银河铁道快车,在银河遨游,到过人马座、天蝎座、十字星座等车站,并且还在天堂靠过岸,坎培涅拉甚至在天堂下车。

乔班尼惊醒后,跑回市镇,看到河边聚集了许多人,才知道他与坎培涅拉在遨游银河时,在真实世界,坎培涅拉竟为了救另一个孩子,跳入深黑的大河。溺水的孩子得救了,但坎培涅拉却溺死了。

为了寻找最终的幸福、为了到达理想之乡、甘愿为了照亮别人而自我燃烧,正是《银河铁道之夜》的创作泉源,是贤治的创作之源,我想,也是一切文学、艺术的重要元素。为了这种幸福、理想与照亮,文学家才能在黑夜的银河星空下,带着微笑创作。想到宫泽贤治一生只领到五元稿费,更能感受到文学家以热血、生命创作的深切情意。

我还记得母亲为我们讲《银河铁道之夜》的日子,我每天夜晚坐在芒花摇曳的田原中,仰望墨蓝无垠的天际,想到贤治说的话:"谁也不知道什么叫做幸福。其实,前方的路不管有多苦,只要走的方面正确,不管多么崎岖不平,都比站在原地更接近幸福。"一个贫苦的乡下孩子,内心因此充满了诗情、充满了感动,在想象力、创造力中自由地飞翔。

这也是几十年后,我到花卷拜访宫泽贤治家乡的根由。我

和妻子带着一对小儿女到了宫泽贤治的家乡,在志户平大饭店的贩卖部买了一套印刷精美的童话,然后坐在临窗的长椅,远眺着银白色的山谷,我对儿子、女儿讲述《银河铁道之夜》,并说到阿嬷如何在夏日的萤火中说这个故事给我听。

"看呀!多么美的银河!"妻子说。

孩子望向那广大无边的天际,小女儿问道:

"阿嬷是不是也去了银河?"

"是呀!所有世界上不见的人,最后都到了银河!"小儿子说。

银河到底何在呢?对一个文学家来说,银河不只在天上,银河在我们坐的每一个水边,银河也在我们的心里。因为我们的心有一种秘情,银河则是未知的秘境,唯有秘情能探触秘境。

我告诉孩子,就在我们坐的地方,一百年前曾诞生一个作家,他坐在人间的银色河边,用心里的银河触摸到天上的银河,如果我们张开眼睛,可以看见天上的银河;如果我们把那些光明含住,闭起双眼,就会看见内心的银河。

人类的文明有多少百年呢?如果在每一个百年都能出现一些伟大的作家,就会让我们感到深切的幸福了!

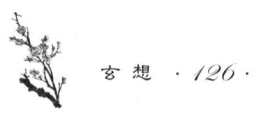

城墙上擂鼓

> 撼动一枝花而不扰乱一颗星势不可能。
>
> ——汤普森

古城上有一面大鼓,直径等同身高,与旁边的绿色大水缸,静静地对看。

朋友问我:"要不要擂一擂战鼓?"

我们遍寻不着鼓槌,我用手指轻轻地弹着鼓面,发出咚咚的细响,恍惚间,听见的不是战鼓,而是自己的心跳。

我为这一座两千多年尚未倾颓的古城而心跳。

这种心跳有一些说不清,是历史的、文化的、感情的,或者是由遐想所带来的呢?

我站在矮到随时可能跌下去的女儿墙边,回望在灰茫尘土中的城镇,才慢慢找出使我心跳的原因。我走过世界许多历史悠久的古迹,也曾走过许多中国的古城墙,但是那些古迹与墙垣都早已在荒烟蔓草中死了,只剩供人瞻仰的遗骸,而平遥城

却是活的,城里还有四万多的居民,站在大历史之中,一刻却不能闲地陪着历史的长河散步。

记得到平遥城前,在书上读着:"平遥古称陶地,帝尧即初封于此。尧以前属冀州,虞舜改属并州,夏禹又属冀州,西周为并州属地。春秋时为晋国,战国时为赵国。秦统一后,属太原群。西汉置京陵、中都、邬县,东汉属西河郡。北魏统一北方后,始光元年(公元四二四年)平陶县治迁京陵,京陵废入平陶。因避太武帝拓跋寿名讳,更名平遥……"

平遥的一页历史,真是像城外的高粱与麦田,平静而遥远,尧舜的清朗、晋赵的风流、秦汉的大气,如紫陌孤云,飘向远处,只留下一重一重接连着、围绕着、跌宕着的城楼。

拉三轮车的车夫,因为没有生意,在墙头上,安静而舒服地睡着了。

我看着他那充满古意的脸庞,想着,也许他千年前的祖先也住在城里,祖先是从事什么行业呢?

正如我在城中散步所见,卖着新鲜的鸡蛋?种着鲜红的枣?做着绣花的鞋?在木家具上磨着新漆?或者蹲在街边缝补棉鞋?在小巷穿梭,叫卖一斤两元的青菜?

平遥古城几乎是没有现代行业的,如果不是突然呼啸而过的摩托车,使人难以找到二十一世纪的痕迹。

石板地上、黑砖墙上、店面招牌,甚至人的脸面与表情,都蒙着一尘风沙的锈。有一些历史里精致清雅的事物,只留在县府、票号、博物馆里展览,远离了城中的居民,留在他们身上的只有沧桑的尘灰与生活艰辛的锈迹。

平遥城虽然还活着,住着许多努力生活的人,甚至被列入"世界遗产名录",但是一切似乎没有改变,这里的生活可能比魏晋、甚至秦汉,更缺乏着美。

平遥古城既然是以观光为胜,我想到如果在世界其他地方,拥有了这样的古城,里面可能会有干净、优雅的民居供人住宿;有充满古风的酒楼与茶座,卖着当地盛产的水果与面食;整洁、美观的书店,店里有精美印刷的古城美景,甚至还有美术和音乐,是音乐家特别为古城创作的曲目,美术家描绘的赞叹!

光是这些,就能带给居民无数的财富!

回想着我们车子停下的那一刻,一大群人一拥而上,有的要卖书和地图,有的要推销导游,有的要拉三轮车,沿路一家一家古董摊,却没有一件是真品。一样的红枣摊子,一斤从一元到五元,自由抬价。灰尘满布的餐厅,一碗面食要价十元,是太原的五倍……这些住在古城中的,中国最有历史的住民,他们生活的艰辛是可以理解的呀!他们本来可以活得更好!他们也应该活得更好！

我买了一本平遥古城的摄影集，大多是在清晨和黄昏拍摄的，真是美极了。然后我发现它美的原因，整本集子里没有拍到一个人。这使我想到：文化里最美的到底是一个空的城池或者是活着的人呢？如果失去了人的庄严与美，文化又将依附什么而延续呢？

我多么希望像平遥古城这样的地方，人的美好与古城的辉煌互相辉映，这种辉映才能让我们真正感受到民族的、文化的、历史的心跳！

那越走越远的鼓声，也带着心跳，流过更久远的时空。

心的恒河

> 凡是不再创造新事物的民族,
> 也将要丧失欣赏旧东西的能力;
> 凡是不懂欣赏旧生活的地方,
> 也会立即丧失创造新生活的能力。
>
> ——艾略特

回到故乡旗山,童年一起长大的朋友一定要带我去一个地方。

我们沿着旗山溪的溪埔地步行,走向溪的上游,这溪埔地原来是被许多人围占,养猪、养鸡、养鸭的地方,从前就是恶臭冲天的。几年前猪只的口蹄疫,使养猪业因而绝迹;这两年,鸡鸭的价格惨跌,养鸡鸭的人也不知去往何方了。

禽畜虽然不见了,它们所留下来的粪迹仍随处可见,废弃的猪舍、鸭寮、鸡笼完全未经清理,残破污秽,一片荒凉景象。我捂着鼻子走过,脑海中浮现的是童年时代,溪埔地上美丽的

景色,蕉园、椰林与芋田,如今像梦幻般消失了。

我记得小学的校歌开始的几句:

> 古山顶上
> 树木苍苍
> 长年伴我长
> 楠梓仙溪
> 潺潺流水
> 美景映在旁……

现在,苍苍的树木与潺潺的流水都不在眼前了。

继续走到人烟罕至的上游,突然看见一条被卡车轧碾的轮迹,地上都是污油,朋友告诉我:"这就是我要带你来看的所在了!"

前一阵子,有一个工厂,把有毒的废水排放到河里,正是循着这条轮迹前来,在这个荒僻的地方,不知道倒入了多少卡车的有毒液体。而这条溪正好是在高雄自来水的上游,使得几百万人在数星期内无水可喝,甚至可能在几年内不敢饮用自来水了。

朋友气愤地说:"这种无知污染河水的人,比抢劫、杀人、

放火还要可恶万倍,应该修法把这些人枪毙呀!"

确实,还有什么罪恶会比把毒水倒进河里更大呢?几百万人无水可喝是明显可见的罪恶,再深入地想,河里的鱼虾生物都会死灭,杀生何止亿万?而且一条被污染的河川,绵延数十公里,又要多少年才有河清之日呢?站在恶臭难掩的河岸,我为人的无知而深深地叹息!

想到释迦牟尼曾多次提到他幼年看恒河的情景,他对弟子说到佛性不变的道理:"我十岁时随母亲去看恒河,到现在看见的恒河还是一样的。虽然我的外貌改变了,但是我知道看恒河的还是同一个我!所以,我们的心里也有一个恒河呀!"

居住在台湾的人不会有那种幸福吧!我们从南到北,由西至东,走到每个人记忆中的溪河,会发现几乎所有的河水已被污染,没有一个人敢说:"我看到的河是和我童年时看到的一样!"

就像我眼前的旗山溪,是我幼年时代经常来玩水、摸蛤、抓泥鳅的地方,暑假的时候经常整天泡在水里,当时的水多么清澈呀!现在即使给孩子赏金,也没有一个孩子敢到河里戏水了。更讽刺的是,听说高雄县政府要把这一段辟成"亲水公园",对于防治河水污染一向束手无策的政府,怎么有能力规划亲水的公园呢?

我满怀伤感地离开旗山溪,也仿佛是从记忆里离开了,原来还残存在记忆中的美,如今也消失殆尽了。

从湿土中抽芽的芋田,萎黄了。

在和风里摇曳的蕉园,倾倒了。

挺立于田园的椰子树,散落了。

连从不挑剔环境的浅蓝色牵牛花,都褪失颜色,越开越小,终至化去!

仔细听,只要还有一点心肝,就会听见河水的呜咽!

仔细听,只要还有一丝良心,就会听见土地的叹息!

纵使把倾倒毒水的人枪毙千百次,再也无法恢复河水与土地的旧观。但这是一次很好的教育,我们应该把这次感同身受的苦痛编成课本,来教育我们的孩子,那么多年以后,我们说不定还可以有那种幸福——在河边轻轻地散步,聆听外在溪河的歌唱,也谛听内在里心河的欢声!

句在无言处

胜日寻芳泗水滨，无边光景一时新。
等闲识得东风面，万紫千红总是春。

——朱　熹

应邀到湖南大学演讲，演讲前，长沙的朋友问我们："要不要到岳麓书院走走？"

岳麓书院是朱熹在湖南做官时创办的，与他中年时代讲学的庐山白鹿洞书院齐名，是天下读书人都非常向往的地方。当下即欢喜地请朋友带我们前往，朋友说："岳麓书院就在湖南大学里面，我们到书院走走，然后到橘子洲头喝茶。"

"怎么，长沙的地名都是这么动听呢？"我问。

朋友说："没的事，岳麓书院正好在岳山之麓，橘子洲头以前种了许多橘子！"

我们便在阳光清朗的午后，造访了向往已久的岳麓书院。经过湖南大学宽广的校园，走入深深的林木，登上了书院的

大门。

岳麓书院的静雅、优美在意料之中，书院的设计与配置却在意料之外。第一个令我意外的是，书院的窗门、屋瓦都是玄黑的，墙垣则是一式的洁白，显得格外的肃穆、寂然。第二个令我意外的是书院的门墙非常高大，因为大而变得幽深，这与现代的学府不同，有点像官府的深宅大院。

配置也出人意表，学院里的花木虽然扶疏，树木并不特别高大，对于一座千年的学府，院中的树木应该不是朱熹时代种植的，而是后来才种植的。最美的是庭中的几棵石榴，树干强劲，树上果实累累，每个石榴都艳红似火、大如垒球，书院里遍植了多子的石榴，充满了象征。一一九三年，朱熹创办这个书院，埋下许多种子，对后世的影响是难以估量的。

抬起头来，令人惊奇的是，屋顶的藻井，刻了许多太极图，那旋转着的太极，使我忍不住想起朱熹的生平。朱熹早年醉心于佛学、道家，他吸取了道家有关宇宙生成、万物化生的观点和佛家的思辨哲学，形成了朱熹哲学的"理气思想"——理为形而上之道，是先天而永恒的，也是物质世界存在的本原；气是形而下之器，是一切欲望的表现，他因此主张"以天理克服人欲，用道心主宰人心"。

当他的学说形成之后，便以儒家伦理思想为核心，排斥佛

家与道家。他教导学生的主要修养是"践实"(躬行实践)和居敬(遇事专一),是"格物致知"(穷尽抽象之理,不离具体之物),这些都是非常儒家的。

但是,他晚年的境遇不佳,被奸臣指控他的学问是"伪学"。他和学生都是"逆党",曾多次离家避难,到一二〇〇年去世,享年七十一岁。听说他临终前三天,还在修改《大学章句》和《楚辞集注》,写完后掷笔叹说:"到此时节,输黄面老子一著。"

一代大儒,死的时候,没有人敢去送葬,深怕被视为"伪学逆党籍",少数不怕死的学生为他送葬,也受到限制和监视。

我仰看那太极的图腾,看到阴阳的流动,思及朱熹的一生,他少年时代那种气概:

朝登南极道,暮宿临太行,
睥睨即万里,超忽凌八荒。
　　　　　(《远游篇》)

清晨时登上南极的道路,黄昏时刻已投宿在太行山下,转瞬间已经是万里路,刹那里飞过荒原!

到了晚年,气势依然雄浑:

句在无言处

八石天开势绝攀，算来未似此心顽；
已吞缭白云青外，依旧个中云梦宽！
(次韵陈休齐莲华峰之作)

莲华峰上八块朝天巨石形势高险，无法攀登呀！但是也比不上我的心顽强，我一定要登上峰顶。已经吞下了许多白云、青山的心，一点也不觉梗塞，还容得下云梦大泽。

我们在岳麓书院的回廊散步，廊间刻了许多石碑，无非是勉励和教导，希望学生成为堂堂正正的人。走到回廊处，是几扇修长的门，门外是青青翠竹，在黑瓦、白墙的尽处看到那连绵的青竹，使人有着美的悸动。

翠竹围绕的廊外，是一棵枯瘦的梅树，在深秋的园子，正准备着今年的花开，这使我想起朱熹的一首《赋梅》：

君欲赋梅花，梅花若为赋？
绕树百千回，句在无言处。

我想要为梅花写一首诗，梅花诗要怎么写呢？在梅树周围绕了千百回，诗句都写在无言的地方呀！

恍惚间,听见东边的厢房传来丁丁淙淙的琴声,我们走过翠竹、绕过梅树,循着琴声的来处,发现了一间琴房。

琴房里有几位身着古装的青年,男生俊逸、女生秀美,原来都是大学里音乐系的学生,在书院里打工,正在抚琴自娱。

问清楚了,才知道是为游客而设立的。因为古代书院一定有琴、棋、书、画,六艺里,礼、乐、射、御、书、数,乐也是非常重要的。逛完书院,在边厢里听一些美好的音乐,对性灵也是很好的陶冶。

不过,听演奏是要收费的,我点了一首《十面埋伏》,淳珍点了一首《梁祝》。曲目单上写着"十面埋伏,三十元""梁祝,四十元"。

然后,我们静静地聆听音乐,感觉到音乐从窗外溢出,飘向不知的远方。千年以前,也是乐音和着书声,启发了许多读书人的心灵。他们生逢乱世,在官吏的逼迫和饥饿的生活中,还怀着经世济民之志,苦苦地读书,创办这所书院的朱熹写着:

藉此云窗眠,静夜心独苦。
安得枕下泉,去作人间雨。

　　睡在云窗之下，幽静的夜里，大家都沉睡了，只有我的心独自感到苦恼，多么希望与枕下的山泉，一起到人间化为雨水，滋润世间呀！

　　走出琴房，回望庭中那两棵累累红透的石榴树，感觉贴近了绍熙年间诗人的心。

　　看向更远的云天，记起朱熹在刚会说话的时候，他的爸爸朱松指着天对他说："这是天。"

　　朱熹就问道："天上面又是什么呢？"

　　朱松为之语塞。

　　天上面又是什么呢？

　　天外有天，宇宙无穷无尽，宇宙生命无论大小，无不处在不断变化的过程之中，朱熹成年后，自己找到了这样的答案。

　　我们穷究文学与性命，寻索到最后，发现那些都只是表象的描摹，真正的言句恰是在无言之境。

　　就像这岳麓书院，曾长过多少石榴、育过多少人才、有过多少的诗书与音乐，谁说得清呢？

黄鹤楼头的笛声

> 太白不须愁,
> 鹤去鹤来,
> 终随物化。
> 昔人今尚在,
> 云生云灭,
> 常与天游。
>
> —— 汤宕仙

站在黄鹤楼的最高层,放眼望去,辽阔的视野就无边地展向两头了。

是天云未开的日子,眼前流动着雾烟水气,显得一片苍茫,堆垒在近前的是灰色的屋瓦,以及一栋比一栋高的楼房;向远处铺展,很快地就到了跨越长江的大桥;穿过大桥的,则是气势奔腾的长江。

想到我曾多次坐渡轮横过长江,最宽的江面要四十分钟才能到达彼岸,最窄的江面也要十几分钟,长江的宽阔可以想象。

最震人的还是长江流动的声音,如同一个巨石的滚轮滚过大地,哗啦哗啦!

可惜黄鹤楼离江太远了,听不清长江的流声,长江于是成了一条无声的灰色彩带,横过武汉三镇。当我正回想从前听长江的哗啦哗啦声,突然从右侧传来巨大的轰隆之声,低头一看,一列火车疾驶过黄鹤楼边,火车正向长江的方向奔去。这是京广线的火车,由广州飞奔北京。

黄鹤楼的视野完全没有阻挡,使人的眼睛仿佛到了一个山巅之上,这使我想起刚刚在楼里看见了李白手书的两个大字"壮观"。李白字传世不多,"壮观"两字写得气势豪壮,心怀饱满,看了令人震撼不已。我不禁想到:从前,李白是不是也站在这个位置放眼四顾,而写出了"壮观"呢?

黄鹤楼的壮观是笔墨难以形容的。

回想刚到武汉,朋友问我最想去的地方,我毫不迟疑地说:"当然是去号称天下江山第一楼的黄鹤楼了!"

我会想到黄鹤楼一游,缘于少年时代非常喜欢崔颢的一首诗《黄鹤楼》:

昔人已乘黄鹤去,此地空余黄鹤楼。

> 黄鹤一去不复返，白云千载空悠悠。
> 晴川历历汉阳树，芳草萋萋鹦鹉洲。
> 日暮乡关何处是？烟波江上使人愁。

记得初读这首诗时，还读到黄鹤楼的两则传说：一说是曾有人看到仙人驾鹤经过这里而得名。

另一种说法更美，说是曾有道士接受了这里一家辛氏酒店的招待，无以回报，便在酒店的墙上画了一只会跳舞的鹤，辛家酒店的生意大为兴隆。十年之后，道士重返酒店，认为"一饭之恩已涌泉相报"，于是吹奏玉笛，以笛声从墙上招下黄鹤，乘着黄鹤飞去。辛家为了报答道士厚恩，便出资建黄鹤楼以为纪念。

传说虽然很美，但传说不是史实，史实是一千五百多年前，三国时代的孙权为了军事目的，在形势险要的夏口，北山临江的"黄鹄矶"上建立了一座用于瞭望的哨楼，这才是黄鹤楼真正的源起。

诗人崔颢在登楼时，不以政治、军事为典，而用道士乘鹤的传说做典故，使得黄鹤楼增添了几分玄奇和神秘，也使这首诗增加了无限的想象空间。

历史上有无数的诗人曾写过黄鹤楼，仅以唐宋来说，李白、孟浩然、白居易、王维、刘禹锡、贾岛、杜牧、李商隐、苏轼、黄庭坚、陆游、范成大、辛弃疾等等都歌咏过黄鹤楼，但流传最广、影响最大的是崔颢的诗，也是这首诗使得黄鹤楼远近皆知，千古不朽。

听说大诗人李白首次登上黄鹤楼，沉吟许久，却没有写出诗来，这有一点违背了李白的习惯，同行的朋友问他："为什么没有像往昔一样吟诗呢？"李白废然一叹说：

眼前有景道不得，崔颢题诗在上头。

可见李白读了崔颢的诗，十分感动、赞叹，认为无诗可以相比了。清代的古赋大家陈沆为此曾写了一首短诗：

风月无边处，笙歌最上头。
青莲犹搁笔，有句莫轻投。

李白不只喜欢崔颢的诗，不久之后写的两首诗，更是有意模仿《黄鹤楼》，其一是《登金陵凤凰台》：

凤凰台上凤凰游，凤去台空江自流。

吴宫花草埋幽径,晋代衣冠成古丘。
三山半落青天外,二水中分白鹭洲。
总为浮云能蔽日,长安不见使人愁。

其二是《鹦鹉洲》:

鹦鹉来过吴江水,江上洲传鹦鹉名。
鹦鹉西飞陇山去,芳洲之树何青青。
烟开兰叶香风暖,岸夹桃花锦浪生。
迁客此时徒极目,长洲孤月向谁明?

这两首诗明显地受到崔颢的影响,但是对于李白这样来去自如、放怀不拘的诗人,不仅是无疑的,反显现出伟大诗人能欣赏别人长处的美德。

为了这一段李白搁笔的公案,后人在黄鹤楼边盖了一座"搁笔亭"以为纪念,对面则是崔颢题诗的巨碑,碑下是大画家米芾拜石的雕像。

我坐在"搁笔亭"里,俯望着行色匆匆的行人,以及卖着枣子、石榴、苹果的小贩;抬头看着云天下有着素朴、美丽线条的城楼,想起李白关于黄鹤楼的两首好诗:

故人西辞黄鹤楼，烟花三月下扬州。
孤帆远影碧空尽，唯见长江天际流。
　　　　——《黄鹤楼送孟浩然之广陵》

一为迁客去长沙，西望长安不见家。
黄鹤楼中吹玉笛，江城五月落梅花。
　　　　——《与史郎中钦听黄鹤楼上吹笛》

可见李白在黄鹤楼上搁笔，并非无诗可作，只是单纯欣赏崔颢的诗。诗人站在黄鹤楼台送朋友下扬州，看着孤单的帆船隐没不见，只看见长江从天边流过，里面是有着多么丰沛的友情。诗人在黄鹤楼中听着玉笛，心里却在五月温暖的江城，感觉到被贬谪的寒冷，心中飘落着寒冷的梅花，又又是多么动人的愁绪呀！

李白还有许多关于黄鹤楼的名句，像"黄鹤西楼月，长江万里情，春风三十度，空忆武昌城"；"我且为君捶碎黄鹤楼，君亦为吾倒却鹦鹉洲。赤壁争雄如梦里，且须歌舞宽离忧。"……这些美好的诗句，使我想到李白搁笔应该也只是后人编造的传说，并不是那么可信的。

如黄鹤、凤凰、鹦鹉,是自在地飞来,又自由地飞去,如同天上的白云飞过了长江、飞过了楼台,飞往了不可知的所在。

仰望黄鹤楼,看见了历史的长河;站在黄鹤楼眺望云山,则看见了江天的浩瀚;我想到在历史上,有无数伟大的诗人、文学家也曾站在我站立的地方,激荡了各种的想象和心情,我的情怀也为之荡漾了,仿佛听见了最早的道士的笛声。

在生命的旅途中

我们并立在高高的山巅,
化身为一望无边的远景,
化成面前的广漠的平原,
化成平原上交错的蹊径。

哪条路、哪条水,没有关联?
哪阵风、哪片云,没有呼应?
我们走过的城市、山川
都化成了我们的生命。
我们的生长,我们的忧愁,
是某某山坡的一棵松树,
是某某城上的一片浓雾。

我们随着风吹,随着水流,
化成平原上交错的蹊径,
化成蹊径上行人的生命。

—— 冯 至

离开大连之后,我时常会怀念起在大连结识的两位朋友陈致安和林阳。

陈致安,我们叫他"大陈",那是由于他的身高接近两米,以中国人的标准来看,他是身材魁梧的巨汉,无法形容他的巨大,所以用"大陈"名之。

大陈为人热情,恨不得把一切的好东西都拿来招待我这个来自远方的朋友。

离开大连的前一天,我身体极为不适,大陈还坚持带我去海边,他说:"大连最美的就是海边,如果不到海边,就等于没有到过大连。"

他约了林阳,带我去海边。

林阳是电台的主持人,性情就像他的名字一样,温暖而明朗,见到他就仿佛被清晨的阳光所照射,或者说是,在林中行走,看到处处都是穿林的阳光。

在旅途中,与这样的朋友同行是最幸福的事,于是我强打精神,一路上嘻嘻闹闹地到大连海边。那海边,听说是大陈"少年时代经常流连的地方",也是林阳"一直到现在,都时常来排遣忧怀的地方"。

不知道为什么,当我们的车子穿过一片美丽的山林,左边是一大片苹果树,右边是一大片桃花林,林阳突然像陷入梦境,喃喃地说:"我从小就梦想着,有一天会死在这么美的旅途中。"

听到"死"字,使我们都震了一下。

细腻的林阳发现我们的震惊,开怀地笑了:"大家别多心,这是每个人都会面临的问题,我从小就喜欢旅行,一直认为最优美的死亡是在旅行的途中,和一群志同道合的朋友,大家一路上说说笑笑,经过一个优美的地方,不经意就在美中死去了。"

车后座突然蹦出一个声音:"你要死了!现在不就是旅途中,有一群志同道合的朋友,又经过了优美的地方,你可以死了。"

大家忍不住笑成一堆,林阳说:"我是说真的,你们不觉得这样子死去很好吗?"

车子里八个人都陷进了沉默,然后有人举手:"我也赞成那样最好!"是我的大陆经纪人曲小侠。

另一个举手:"我也赞成!"

我说:"你们干脆组成一个联盟,然后整年整月地旅行,总有一天会达成愿望的。"

只有坐在前座的大陈,一直微笑不语,我问大陈:"大陈!你呢?"

大陈还是微笑着，露出东北汉子的大嗓门："我呀！我还是一切都准备好了，再死吧！"

众人就起哄着，大陈是因为事业做得太大、做得太好，不甘心没准备好就死了呀！确实，大陈在大连有一座非常大的图书城，是私人经营的，非常成功，我这次会到大连巡回演讲，就是他大力促成的，他除了事业做得好，还有一个幸福的家庭。

大陈还是微笑着，被逼急了，他说："人生有时候是不能那么任性的！"

我们就是这样，在死亡、优美、任性的迷思中，穿过了许多优美的风景，到了大连的海边。

春天的海边，在大连，果然与别处的海边不同，天蓝云白，沿着海岸暴晒着许多刚从海里捞起的海带，老妇人在海岸上叫卖新鲜的鱼虾和贝类，海水湛蓝，风里有着暖暖的春意。

我和林阳坐在一艘废弃的小船上，林阳说："按照我的观点，可以死的地方太多了，像桃花林、海岸、山巅……"

我说："可以死的地方有多少，可以活的地方就有多少呀！"

离开大连海边回程的路上，车里的人都累得睡着了，我看着一幕幕的景从窗前流过。

我带着那些景、那些对话、那些怀念,回到台北。

一年半后,我重返大陆,第一站是长沙,来接机的曲小侠刚安置了我的行李,突然说:"大陈死了!"

这么短的一句话,使我完全震住了,半响说不出话来。我的脑中立刻浮现大陈那高大英挺的样子,一个一百九十几厘米的巨汉,怎么说死就死了呢?

小侠说:"一直查不出什么原因,今年八月他到北京出差,突然感到不适,就急搭机回大连,没想到走着进飞机,却是躺着抬出来,当天晚上就死在大连的医院,突然猝死!医院很想解剖看看什么原因,但他的爱人不肯,所以,大陈的死因可能永远成谜了。"

"他有什么病史吗?"我说。

"一点也没有,你记得他那样子,身材那么壮大,嗓门也大,到现在我还不相信他会那样就死了。"

小侠说,因为大陈是在"一点准备都没有"的情况下过世,他是生意人,做的是图书批发,人一死,情况特惨,他还没有给清的钱,债主天天上门催讨;欠他钱的人,却没有一个认账……

在开往长沙新区的车子上,小侠向我说明了一个远方的好

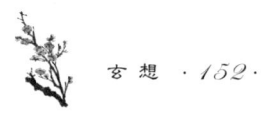

朋友消失的种种因由,我却回到了一年半前大连海边的旅行车上,忍不住眼湿。

不管有没有准备好,不论是不是愿意,我们总是起步在旅途中,消失在旅途中,人生是一个漫漫的旅行,没有终站,只是走到了偶然的地方,力尽而止。

我想到德国的大哲学家康德,一生只有离家到不远处的但泽游历一次,终生未离开过乡里,起居极有定律,治学极严谨。他为什么一生没有离乡呢?因为他认为"本体界与现象界是对立的""一切的智识皆为经验,经验又唯由纯粹概念以得之"。康德没有出门旅行,但是他在内心的纯粹概念里旅行,他的学说没有终点,所以,他也是死在内心的旅程中。

我又想到唐代的大和尚鉴真,一心想要到日本传法,曾五次东渡,都被海贼、火风阻挠,颠沛长达十一年之久,后来竟然双目失明。

双目失明了还是要渡海,六十六岁的时候第六次东渡日本,终于成功。对日本的宗教、医学、美术、建筑、文化都带来深远的影响。鉴真一辈子都为了赴日奋斗,最后死在日本。

我曾经到京都的东大寺,站在鉴真第一次传戒的毗庐遮那佛前沉思,也曾到扬州的鉴真纪念馆礼拜鉴真大和尚的塑像,感觉到鉴真一生都在旅途中。当他从江苏江都的乡下出生时,谁会想到这个乡下孩子将成为日本律宗的始祖呢？谁又会想到不论在中国或是在日本，都有无数的人怀念着他那伟大的旅程呢？

康德也是这样吧！一个终生未离乡的哲学家，死后，却有无数的人飞越千里，来瞻仰他的故居和纪念馆，研究他的思想与哲学的人更是不可胜数，他内在的旅程启动了许多人生命的旅程呀！

一切的死亡，都不是在目的地发生，而是在旅程中发生的。

"和一群志同道合的朋友，大家一路上说说笑笑，经过一个优美的地方，不经意就在美中死去了。"

我想起去年大连的旅程，林阳的话语，林阳还在旅途中寻觅着生命最优美的情境吧！

反而那一直想要准备好的大陈，却在措手不及的旅行中，谜一样地走了。

在每个人生命的旅途中，这种无可奈何的事件是经常发生的，在康德经常散步的树林，在鉴真不断上船、下船的海边，在我们或哭或笑的时刻，在有所准备或措手不及，永远都是在旅途中。

在生命的旅途中，每个人都有这样的经验吧！晴空万里之后，骤然来了一阵狂风暴雨，狂风暴雨是不终朝的，因此很快

又花红柳绿,使我们对生命的变化感叹不已。

在生命的旅途中,每个人也都有这样的经验吧!仰观天上的万里云集,思索着宇宙的广度;俯瞰山下的千仞壁立,测量世界的深度;可叹的是,那深广超越一切,甚至超越我们的想象。

极静极静的夜里,我努力聚焦,回到大连的旅途上,想到大陈与林阳,想到幽静的海边,一切似乎还如是清晰,昔人已乘着凉凉的秋风,飞远了。

在生命的旅途中,要诚挚地珍惜,要深深地疼爱。

在生命的旅途中,要努力地追寻,也要保持静观。

在生命的旅途中,要有所敬畏,也要有所无惧。

我点了一炷檀香,让香随风飘散,想象这香风会不会吹向大连的海边,或者吹向大陈飞去的地方。

大陈,安息吧!

图书在版编目(CIP)数据

玄想/林清玄著.－石家庄:河北教育出版社,
2006.10（2023.5重印）
　ISBN 978-7-5434-6397-4

Ⅰ.①玄… Ⅱ.①林… Ⅲ.①散文－作品集－中国－当代 Ⅳ.①I267

中国版本图书馆CIP数据核字(2006)第115311号

书　　名	玄　想
作　　者	林清玄
策　　划	汉霖文化
责任编辑	高群英　李　超
装帧设计	姚　洁

出　　版	河北出版传媒集团
	河北教育出版社　www.hbep.com
	（石家庄市联盟路705号　050061）
发　　行	北京启发世纪图书有限责任公司
印　　刷	北京盛通印刷股份有限公司
开　　本	880毫米×1230毫米　1/32
印　　张	5.25
字　　数	83千字
版　　次	2006年12月第1版
印　　次	2023年5月第37次印刷
书　　号	ISBN 978-7-5434-6397-4
定　　价	15.00元

版权所有　翻印必究
如有印装质量问题请与印刷厂调换　电话：010-52249888
发行电话：010-59307688